LA LIBRAIRIE DU XXe SIÈCLE
Collection
dirigée par Maurice Olender

Daniele Del Giudice

Quand l'ombre
se détache du sol

roman

Traduit de l'italien par
Jean-Paul Manganaro

Éditions du Seuil

Titre original : *Staccando l'ombra da terra*
Éditeur original : Giulio Einaudi editore s.p.a., Torino
© original : Daniele Del Giudice
ISBN original : 88-06-13584-8

ISBN : 2-02-025083-7

© Éditions du Seuil, avril 1996
pour la traduction française

En raison de l'erreur

Aucun moment précis ni jour fixé, cela ne te sera annoncé par aucun signe extérieur, rien dans les comportements ni dans le paysage ne sera différent de l'accoutumée, le soleil au ras de la piste, la piste qui finit dans la mer, rien en aucune manière ne te permettra de pressentir que le moment est arrivé, pour toi, de te trouver sur un avion sans passagers, sans pilotes, sans personne d'autre que toi-même, comme dans le plus mauvais des rêves. Tu peux parler à voix haute, ce n'est pas interdit, tu peux chanter ou transpirer, personne n'est là pour s'en rendre compte, tu peux te tourner et regarder à ta droite la place vide où d'habitude est assis ton instructeur, considérer ce vide comme la représentation la plus décourageante du vide absolu, la sensation la plus poignante de l'abandon. Tu peux tirer en arrière les manettes, arrêter les hélices, ouvrir la trappe, détacher les ceintures et descendre en levant les bras : que quelqu'un vienne prendre l'avion que tu laisses là, aligné à l'entrée de la piste pour ton premier décollage en solitaire. Une décision de grande sagesse, une décision honorable. Mais où est le courage ? Ton commandant se trouve devant le hangar, il te regarde non moins perplexe, non moins préoccupé que toi, tu connais cette manière qu'ont les commandants de scruter le ciel comme des haruspices, des météorologues et des pères de famille ; sur l'aéroport, le trafic a déjà été suspendu pour ton premier décollage en solitaire ; bien qu'il soit tôt le matin et que l'endroit soit désert, quand on fait piètre mine il y a toujours un vaste public, qu'on ne soupçonne pas.

Tu es là, quels qu'aient été l'instinct, la douleur ou les faiblesses de l'inconscient qui t'ont amené à croire qu'il t'était possible de te trouver dans une situation pareille, tu es là, les pieds désespérément appuyés sur les freins afin que l'avion ne décide à ta place et ne commence à rouler tout seul – pour son premier décollage en solitaire, c'est possible ; il serait alors beaucoup plus compliqué de revenir en arrière que d'avancer, c'est pourquoi tu peux encore une fois nourrir l'illusion que tu n'as pas le choix après avoir préparé la voie pour que cela se passe ainsi, et à présent, au tout dernier instant, tendu et muet, tu veux seulement voir comment cela finira, tu veux aller jusqu'au bout, au bout de la piste, vers cet instant de déséquilibre où tout se soulève, se cabre, quand ton ombre se détache du sol.

Quelques minutes auparavant était encore assis à côté de toi un commandant, imperturbable et bras croisés, qui était ta réserve d'irresponsabilité dans l'erreur (le dieu erreur), de distraction dans l'exécution, quelques minutes auparavant la journée était encore normale et imprévisible, tu voudrais revenir à ce moment-là, ou même avant, à la tranquillité inconsciente avec laquelle sur l'esplanade tu procédais aux contrôles en tournant autour de l'avion comme s'il venait de sortir de l'usine et que tu en étais le premier pilote d'essai, alors que tu n'étais qu'un élève pilote et que l'avion avait été parfaitement inspecté comme tous les jours par les mécaniciens, tu aimerais revenir au moment où, dans le cockpit, tu effleurais de tes doigts les instruments, énumérant à haute voix les mots d'une liste que tu connaissais par cœur, liturgie du matin, prière manuelle du ça aussi ça va bien, en attendant que le commandant monte à bord pour la mise en route, il montait toujours au dernier moment, lui, il n'avait pas de temps à perdre. Bruno n'était pas seulement un commandant, c'était un chef indien, un vieux chef indien aux mots rares, aux explications encore plus rares. Bruno était un de ces maîtres qui n'expliquent pas, et je dirai plus loin comment cela était possible dans une matière aussi complexe. L'idée de la manœuvre, chez Bruno, coïncidait avec une discipline et une rigueur absolues, mais ce qui l'intéressait, c'était l'intuition, une manœuvre exécutée correctement ce n'était encore rien, juste le minimum présentable, évidemment il ne te le disait pas, mais on comprenait que c'était comme ça, voler était tout à fait autre chose qu'une manœuvre bien faite. Il n'expliquait pas, il se comportait comme si on savait déjà, et ce qu'on ne savait pas, c'est-à-dire tout, on devait le déduire du silence de ses regards, de ses mimiques, de sa façon de vous reprendre pendant les manœuvres avec des signes rapides et sans bruit en indiquant du doigt un instrument ou l'horizon à l'extérieur ou un repère invisible dans le ciel, c'était cela, pour lui, enseigner. Au grand jamais, il n'aurait annoncé quand le moment de voler en solitaire était arrivé. Comme tout le monde, tu priais pour que la chose arrivât entre la sixième et la huitième heure en double commande, sinon, tu le savais, cela n'arriverait jamais.

Ensuite, Bruno était monté à bord et tu avais commencé à attendre : attendre qu'il ait enfourché ses lunettes de presbyte et qu'il ait transcrit les données initiales du vol, attendre qu'il fasse en même temps un signe de la main qui exprimait mettez en route et partons, attendre d'être autorisé par la tour à rouler, et puis d'être autorisé, au point d'attente, à l'alignement et au décollage, attendre faisait partie du vol autant que le fait de voler, attendre en contrôlant et en recontrôlant, il y a toujours une façon utile de se servir de l'attente, il y a toujours quelque chose à faire à bord avant de mettre les gaz et de commencer à rouler en cahotant, et tu te dis maintenant en y réfléchissant que c'est ce que tu aurais dû faire. Quand l'ordre cosmique ou l'ensemble des événements ou la coïncidence des choses avaient été enfin disposés au départ, tu avais affiché la puissance, lâché les freins, regardé le compte-tours et l'anémomètre, accompagné les embardées de l'avion vers la gauche et vers la droite en les contenant avec les palonniers. Le décollage est une métamorphose, voici une quantité de métal qui, grâce à l'air, se transforme en avion, chaque course vers le décollage est la naissance d'un avion, cette fois encore c'est ainsi que tu l'avais ressenti, avec l'étonnement qui naît de toute métamorphose ; vers la fin de la transformation et de la piste tu sens que l'avion rue violemment, il n'est plus terrestre, trop de cahots, trop d'embardées de-ci de-là, tu ne le retiens plus au sol, mieux vaut voler qu'avancer de la sorte, tu attends seulement qu'il devienne définitivement un avion, tu voudrais qu'il le fût déjà, à cet instant il grimpe parfois tout seul, et dès qu'il est en l'air il se calme, d'autres fois il suffit d'un léger, très léger appel au manche. Tu avais appelé avec délicatesse, juste quelques millimètres pour ne pas arracher l'avion du sol, puis, sans faire attention, tu avais tiré encore, comme si tu répétais un mot prononcé à voix trop basse et qui n'aurait pas été entendu. Tu tirais doucement mais l'avion ne suivait pas. Tu tirais avec plus de continuité mais l'avion ne te suivait pas. Tu tirais avec décision et l'avion ne montait pas. Tu avais regardé la piste en te rendant compte que tu en avais dépassé la moitié, tu voyais la bande de mer à la sortie du port, regarde comme elle s'approche, regarde plutôt le tableau de bord et les instruments, concentre-toi davantage, et tu t'étais adressé aux instruments, un par un, comme si tu leur demandais de te donner raison au cours d'une altercation dans la rue, et ils t'avaient donné raison, les données étaient justes, mais l'avion ne se détachait pas du sol. Sans te retourner tu avais essayé de saisir le profil de Bruno, profil de pierre, bras croisés, regard fixé devant lui, il semblait attendre ; mais il n'y avait pas grand-chose à attendre, la piste s'achevait, l'avion ne se détachait pas du sol, et tu n'avais plus de distance suffisante pour freiner. Concentre-toi à nouveau, regarde les instruments, regarde mieux, et à force de regarder tu avais enfin vu, voilà ce qu'il manquait, c'était incroyable ! Il manquait les volets, la commande des volets était restée sur la position rentrée, volets zéro, tu avais oublié les volets. Il ne devait désormais rester que quarante mètres de piste, pas plus, puis la mer, tu avais essayé de faire glisser ta main des commandes du moteur vers la commande des volets sans que Bruno s'en aperçoive, tu avais désespérément hâte de baisser ce levier, la piste finissait vraiment, de la main gauche tu tenais le manche, de la droite tu avais donné un coup sec au levier presque en cachette. La vitesse accumulée était telle que, dès que les volets ont commencé à sortir, l'avion s'est sustenté, il a pris de la force et s'est détaché du sol, comme délivré, entraîné vers le haut, au-dessus du terre-plein par lequel la piste finissait à cet instant, au-dessus de la sortie du port, au-dessus de la lagune et au-dessus de la mer.

Le silence de Bruno avait soudain paru inquiétant, il valait mieux dire quelque chose. Tu avais dit *nous* avons oublié les volets, sur le ton d'une observation distraite, avec un pluriel ironique qui l'impliquait lui aussi dans cet oubli, malgré le fait qu'il n'aurait, lui, jamais oublié les volets, et puis tu étais aux commandes et c'était ta responsabilité, tu le savais très bien. Bruno n'avait pas répondu et tu avais poursuivi ta montée en attendant des indications ; après le décollage il annonçait toujours le plan du vol, quel allait être le programme d'aujourd'hui, pertes de vitesse et vrilles ? virages étroits ? pannes de moteur ? navigation ? approche sous contrôle radar d'un aéroport ? Mais Bruno n'avait rien dit, pas un mot, il ne t'avait même pas accordé un regard, il avait simplement fait un large geste circulaire de la main, un geste vers le bas qui incluait, dans sa rotation, un virage au-dessus de la mer, un retour rapide sur l'île, un atterrissage immédiat, et à cause de la brusquerie du geste tu te disais que celui-ci serait définitif. Voilà le programme.

La peur éprouvée tout à l'heure, la peur de la piste qui finissait n'était rien comparée à la désolation actuelle, même ton âme avait dû rougir ; si cela eût été possible, tu serais descendu là, en l'air, en lui laissant l'avion ; puis tu avais espéré prendre congé de lui avec au moins un bel atterrissage, et même un atterrissage parfait, tu allais lui faire voir, toi, quel chef-d'œuvre tu ferais pour lui de ce dernier atterrissage, mais au dernier moment, sur les arbres qui inexplicablement délimitent tout terrain d'aviation, tu étais tombé dans une bouffée de turbulences : léger déséquilibre de l'avion, correction immédiate, atterrissage sur une seule roue, rebond, nouvel atterrissage, encore rebond, atterrissage. Tu fonçais droit vers les hangars, tu voulais y arriver le plus vite possible, mais au moment de t'engager sur le *taxiway* tu avais ressenti une résistance dans les palonniers, je ne parviens même plus maintenant à tourner au sol te disais-tu, puis tu avais compris que Bruno bloquait le palonnier de son côté, il était en train de freiner l'avion sur le bord de la piste. Qu'est-ce qu'il y avait encore ? Tu avais mis le moteur au ralenti, Bruno t'avait observé d'un rapide coup d'œil. Puis en te fixant mieux il avait dit : vous sentez-vous capable de monter tout seul ?

Ne fais pas semblant, tu as très bien compris, d'ailleurs ça s'est passé il y a juste quelques instants ; tu as parfaitement compris et tu as dû parcourir l'ensemble de tes émotions pour en venir à bout, et puis les reparcourir pour les contenir et ne te montrer ni trop heureux ni trop décidé, et répondre si vous vous pensez que oui, peut-être que oui. Bruno a établi le contact radio, il a demandé à la tour de suspendre le trafic sur l'aéroport, il a expliqué la raison de sa demande. Puis il t'a dit attention tout va être différent, vous décollerez plus tôt, vous monterez plus vite, je vous suivrai de terre au bord du terrain, faites tous les contacts radio avec moi comme si vous parliez avec la tour. Il t'avait lancé un dernier coup d'œil en t'insérant dans un contrôle général : de ce qui transparaissait sur ton visage, des manettes, de l'accrochage des ceintures, du cockpit de l'avion. Même la trappe, une fois dehors, il s'était assuré qu'elle était bien fermée.

Seul, te voilà seul, « soliste », c'est ainsi que ce vol est enregistré dans les documents aéronautiques, comme si tu étais un violoniste, et en fait tu es une personne seule dans un avion au centre de la piste, qui établit maintenant le contact radio et communique qu'elle est prête pour l'alignement et le décollage, et tu ne crois pas encore que cela puisse être vrai, mais tu es déjà aligné, prêt c'est difficile à dire, Bruno répond avec l'autorisation et te rappelle les données du vent, vitesse et provenance, mais qui a le temps de penser au vent, d'imaginer d'où il vient et combien il est fort, on verra, tu as désormais poussé les manettes, tu soulèves la pointe des pieds des palonniers, on verra dans un instant, l'avion roule déjà, à un quart de la piste tu te demandes encore comment il se fait que Bruno ait décidé ton décollage en solitaire au lieu de te chasser pour toujours, à la moitié de la piste tu commences à sentir quelque chose qui a à voir avec la responsabilité, même si tu ne sais pas trop de qui, puis au fur et à mesure que l'avion se transforme en avion, toi, tu te transformes en Bruno et tu deviens le commandant de toi-même, et dans cette nouvelle dimension tu te contrôles et tu te reprends et te corrige comme un élève. Il y a les choses à faire et cela efface toutes les autres pensées, et c'est seulement après les choses à faire, après avoir fermé tout ce qu'il fallait fermer et ouvert ce qu'il fallait ouvrir et régler ce qu'il fallait régler, maintenant que l'avion vole en palier dans le ciel, c'est maintenant que tu regardes la mer et l'horizon dans la brume légère du matin et pour la première fois non seulement tu les vois comme des points de référence pour contrôler les virages ou les montées et les descentes, mais ils sont le paysage auquel tu peux dorénavant appartenir, de même qu'à terre tu appartiens aux fleuves et aux montagnes.

Tu glisses le long de la côte avec une sensation d'immobilité et de durée, à droite l'île, à gauche la mer, tu glisses en repensant à la première fois où tu es monté là-haut avec Bruno, la première fois que tu as volé sans toucher les commandes, un vol d'acclimatation et d'essai, avant même la visite médicale, tu étais assis à droite, quel beau panorama, Bruno avait pris de la hauteur tranquillement et à un certain moment il t'avait demandé vos ceintures sont-elles bien serrées, et tu avais répondu distraitement que oui, il avait pris ses lunettes, s'était courbé vers la petite plaque en métal au centre du tableau de bord où un avertissement en anglais indiquait les limites acrobatiques de cet avion, sans quitter le manche il avait effleuré avec le doigt les lettres en relief, trois tours de vrille et pas plus avait-il lu à haute voix, comme s'il ne connaissait pas par cœur cet avion, et comme si toi aussi tu devais être mis au courant qu'après le troisième tour de vrille il n'y aurait aucun espoir de s'en sortir, puis sans rien ajouter d'autre il avait ôté ses lunettes et avait piqué en vrille, tout de toi fut projeté en avant, vous aviez été précipités vers le bas assis sur vos sièges en tournoyant sur l'axe, là-bas le rivage et la plage tournaient en sens contraire comme dans les films, trois tours avait-il dit, mais ils te semblèrent trente ou trois cents, maintenant je vais mourir avec ce monsieur que je ne connais pas, savais-tu à cette époque que Bruno était Bruno, qu'il avait été pilote acrobatique et pilote d'essai, que dans les années de l'après-guerre il avait gagné sa vie en faisant des acrobaties dans des compétitions publiques, qu'il avait trente mille heures de vol sur toutes sortes d'avions? Tu priais Dieu pour que ce monsieur aux cheveux blancs fût parfaite-ment conscient et habile en ce qu'il faisait, pour que l'avion résistât, pour que ce piqué tourbillonnant en vrille s'achevât au plus vite.

Sans parler de la fois d'après, quand il te fit asseoir tout de suite à gauche, la place du commandant, tu t'imagines; il te décrivit le minimum indispensable de la vaste gamme d'instru-ments et de cadrans et de quincaillerie électronique sur le tableau de bord, puis il t'ordonna de décoller, vous avez foncé directement sur la pleine mer, vers le large, une journée grise et sombre, et peu à peu cette grisaille compacte est devenue une masse pâteuse indistincte, hypnotisante, c'est alors que Bruno a dit tout à coup revenons en arrière, où est l'aéroport? Tu t'es retourné pour jeter un coup d'œil à travers les vitres à l'arrière, mais le spectacle de ce côté-là était identique à celui de devant, gris, tout gris à perte de vue, aucun bout de terre, rien qui fût différent de ce terrible calme plat visuel. Tu as demandé à ton tour oui, justement, où est l'aéroport? Bruno a répondu en haussant les épaules, c'est vous qui êtes aux commandes a-t-il dit, c'est à vous de le savoir, maintenant vous allez nous ramener à bon port. Tu as commencé à virer lentement sur la gauche, par pure intuition, que savais-tu à ce moment-là des compas, des routes en sens inverse, des instruments de position indéchiffrables pour toi? Ainsi rien qu'avec la mémoire de l'espace et en suivant une orientation instinctive tu as commencé à virer à gauche et encore à gauche, et quand tu as cru que cela pouvait suffire tu as redressé l'avion, alors tu t'es retourné vers Bruno dans l'attente d'un assentiment ou d'un refus mais tu n'as reçu à nouveau rien d'autre qu'un haussement d'épaules. Tu avançais dans la grisaille, tendu en avant vers le pare-brise, pour mieux voir, pour deviner une côte, mais on ne voyait pas de côte, tu regardais de tous les côtés mais d'aucun côté on ne voyait la terre, jusqu'au moment où dans la grisaille apparut une ligne plus grise, fine et lointaine, voilà la côte, mais quelle côte, à quel endroit? C'est bon, tu avais trouvé la terre, mais l'aéroport n'était pas là, ni la ville pas plus que la lagune, vous étiez plus au sud. Quand la côte est devenue un paysage réel, Bruno a indiqué la direction avec le geste des caravaniers, souvenez-vous, a-t-il dit, qu'en décollant d'un endroit vous devez noter la position, si vous voulez revenir au même endroit.

La voix de Bruno à la radio te demande maintenant de venir atterrir; par la force des choses, le premier atterrissage en solitaire est l'autre face du premier décollage en solitaire, ce serait terrible s'il n'y en avait pas. La voix de Bruno à la radio a toujours une nuance d'incertitude et de préoccupation, tu t'en étais déjà rendu compte en l'écoutant une fois à la tour de contrôle avec l'opérateur, Bruno se penche sur les mots avec prudence et qui sait d'où, comme s'ils devaient être utilisés dans des cas exceptionnels et quand on ne peut vraiment pas faire autrement; cette fois-ci la fêlure est plus profonde, la préoccupation plus grande, peut-être parce que les arbres au bout de la piste te cachent à sa vue et de terre il te réclame en langage aéronautique ta position et aussitôt après il te demande avec des mots simples si tout va bien, et toi en langage aéronautique tu donnes ta position et tu réponds que oui, tout va bien. Et enfin, en même temps que tu te positionnes en vent arrière, en même temps que tu arrêtes le réchauffage du carburateur que tu enrichis le mélange que tu réduis les gaz et que tu sors dix degrés de volets, tu comprends enfin que le premier décollage en solitaire est la rencontre de deux peurs, la tienne, la sienne, les peurs réciproques qui coïncident de deux personnes obligées de faire face à un événement en n'en ayant qu'une connaissance partielle. Que connaît-il Bruno de toi ? Rien. Pure intuition. T'a-t-il déjà vu dans tes scènes d'hystérie ? Dans tes moments de distraction absolue ? T'a-t-il déjà vu quand tu es fasciné et te perds dans le vide et t'en vas en laissant ton corps comme un journal pour occuper une place où tu n'es plus ? Dans tes moments de rage froide, sourde, glaciale, de pure haine – ceux des forces du mal que tu aimerais mettre en action ? Et que dirait Bruno s'il savait qu'en sortant le soir de l'aéroport et en revenant chez toi tu composes des chansonnettes de ce genre, et qu'ensuite tu marches sur le même rythme :

The night has arrived
the planes sleep
the tower is off
the fax makes a beep

Si tu étais Bruno, confierais-tu un avion à quelqu'un comme ça ? Comment peut-il avoir décidé que tu étais prêt, que connaît-il Bruno de toi ? Ce qu'il a pu évaluer à travers une pratique très circonscrite comme le pilotage, une aptitude et un savoir-faire mesurable certes, mais le reste, tout le reste d'une personne, ce qui compte le plus, et compte aussi dans les moments cruciaux d'urgence aéronautique, il est obligé d'en avoir l'intuition, de le déduire précisément à travers ces gestes, ce peu que tu as fait ; et c'est là qu'il prend des risques, s'il y avait une panne juste là, à l'instant ? Un moteur ne sait pas qui est aux commandes, les probabilités n'ont pas la mémoire des circonstances ou de l'ancienneté de vol. L'autre, toi en ce cas, doit se connaître suffisamment, du moins on l'espère, mais qui sait s'il possède suffisamment ce savoir-faire aéronautique, le « savoir du pilote » qui en ce moment de ta vie, dans ce premier atterrissage tout seul, te semble crucial, et c'est là que tu rencontres un risque.

Ici, dans ce dernier virage où la ville t'apparaît de face, avec l'île sur la droite, là-bas l'aéroport ; établis le contact radio, appelle le terminal, tous les volets sortis, train et feux d'atterrissage. Il est là-bas Bruno, tout petit dans l'herbe au bord de la piste, le visage levé et l'émetteur-récepteur à l'oreille, comme ça c'est bon te dit-il, comme ça c'est bon tu te répètes à toi-même en contrôlant les distances et l'assiette, tu es assis sur un patrimoine de vitesse que tu dois écouler, d'altitude à gaspiller, la descente est le moment le plus riche du vol (c'est le corps qui ressent en premier ce patrimoine à dépenser, cette richesse de la descente, de la chute, ce bonheur du poids retrouvé et de la gravité), baisse le nez de l'avion, laisse-le aller, laisse-toi aller, descends en planant au-dessus des arbres, si tu n'étais pas si concentré et tendu tu verrais l'ombre que le soleil qui est derrière toi projette devant, comment elle s'agrandit sur l'herbe et arrive avant toi, ton ombre a déjà atterri, ton avion a déjà atterri, laisse-toi aller, pose les roues du train principal sur l'herbe et pendant un instant garde l'avion suspendu comme ça, aussitôt après la roulette de nez touche aussi le sol, à présent tu dois seulement freiner, un peu chaque fois, avec décision, freiner jusqu'au moment où ce sur quoi tu es assis et qui te porte, en ralentissant, ne sera plus un avion.

Il ne te reste plus qu'à remonter vers les hangars, sur le *taxiway*, manœuvre pour laquelle Bruno t'a donné l'autorisation par radio avant de te passer à la tour de contrôle, car l'aéroport se rouvre au trafic ; ce n'est qu'une autorisation d'emprunter le chemin de roulement, mais il te semble que c'est une autorisation plus large, que tu es autorisé à faire une chose qui vient juste de débuter et à laquelle pourrait mettre fin seulement un événement décisif, c'est une autorisation principale avec des petites autorisations corollaires, comme une attitude moins sévère de la part du mécanicien qui lève ses avant-bras croisés à la fin de la bande jaune que tu es en train de calquer avec la roulette du train avant, signal de fin et d'arrêt, moteur éteint.

(S'il existait dans la mémoire un compartiment pour les premières fois – penses-tu en contrôlant que tout est éteint –, tu placerais le premier décollage en solitaire dans la même zone que la première fois en amour, parce que c'est la même intensité ; il est cependant étrange que la première et plus bouleversante compénétration avec une autre créature se trouve pour toi côte à côte avec la première et la plus grande solitude, radicale, de « soliste » dans l'air.)

Et parmi les choses nouvelles, quand tu descends de l'avion, il y a je ne dis pas un sourire, mais au moins un regard soulagé de la part de Bruno, et un « toi », un de ces tutoiements qui ne raccourcissent pas les distances, au contraire, et qui ne troublent pas les comportements, mais qui plus tard dans son bureau – si l'on peut appeler bureau un vieux secrétaire des années quarante, un meuble de rangement pour les cartes aéronautiques, un rocking-chair et un écran avec l'Italie et les nuages vus comme les voit à cet instant un satellite météo – va te permettre, pendant que ce commandant éternellement en chemise blanche et cravate signe sur ton livret ton premier décollage en solitaire, de lui demander dans la nouvelle dimension du tutoiement comment il se fait que ce soit précisément aujourd'hui, pourquoi précisément ce matin où tu as oublié les volets et où il s'en est fallu de peu que vous aboutissiez dans la mer ; et va lui permettre de te répondre, avec un coup d'œil rapide et surpris, pourquoi aujourd'hui, étonné que tu n'aies pas compris. En raison de l'erreur, grâce à l'erreur, tu as vu l'erreur. Mais le ton est expéditif, presque murmuré, comme s'il s'agissait d'une évidence, et qui plus est, secrète. Quand, sinon ? conclut-il en te rendant ton livret. Toi, à peine sorti du bureau, tu t'arrêtes dans la lumière oblique du matin et tu feuillettes les pages, tu cherches le libellé, la signature qui te permettent d'entrer définitivement dans les lieux de l'erreur céleste, où toute erreur est une cicatrice, mais n'empêche pas la rechute.

Entre les secondes 1423 et 1797

La nuit tomba sur le terrain, tout le monde était parti, les mécaniciens, Bruno, les hommes de la tour de contrôle, même la dame du bar était partie, je restai seul avec les lumières de la piste, insectes bleutés dans l'herbe, insectes lumineux et muets en files régulières. Je regardais les ombres des tables projetées par la lune sur la terrasse, je regardais la nuit, l'horizon sans bornes de la nuit, ciel et mer séparés seulement par les fines bandes de lumières des côtes lointaines. Je me sentais le gardien de cet espace nocturne, quelqu'un m'avait laissé la clé de la tour, avant de partir je devais éteindre les lumières de la piste. Je n'étais jamais resté si tard, la nuit d'août glissait dans une chaleur humide vers son cœur le plus profond. Ce fut peut-être la chaleur, ou je m'endormis peut-être, dans une seconde, pensai-je, dans une seconde je me lève et je pars, une seconde encore et je me lève, j'éteins les lumières de la piste et je m'en vais, et je l'aurais sans doute fait, j'allais le faire, mais la seconde qui suivit je m'aperçus de leur présence. Ils étaient assis dans le noir en face de moi, comment avais-je pu ne les voir que maintenant, ils étaient deux, je pensai qu'il ne devait s'agir que d'une image mentale, mais la voix me donna, avec un frisson, la certitude qu'ils étaient vraiment là. S'il avait fait un temps comme ça ce soir-là, dit l'homme le plus jeune, s'il y avait eu une lune comme celle-ci, un ciel aussi serein… puis il détourna son regard du ciel, baissa la tête et me fixa, et je vis avec un nouveau frisson ses yeux dans l'obscurité. L'autre, plus âgé, regardait latéralement comme s'il voulait se rendre compte de l'endroit où ils se trouvaient, il regardait latéralement et avec l'ongle d'une de ses mains il tourmentait un ongle de l'autre main, comme si parler représentait une fatigue ou une douleur insupportable. A présent, dit le plus jeune, à présent, après une si longue durée nous pouvons compter le temps qui fut si court ce soir-là, un temps d'étonnement absolu, l'étonnement avec lequel à l'instant final tu as dit « c'est le crash… » sans même crier, avec la voix étouffée par la pression et par la gravité qui nous entraînait vers le bas, résigné à un événement incroyable, un événement si stupide, si désuet qu'un décrochage à cause du givre. Tu étais le commandant, et moi ton second, en plus de l'âge nous étions séparés par ton habitude du jet et mon habitude de l'hélice… Oui, c'était moi le commandant dit le plus âgé, mais c'est toi qui avais fait ce trajet-là, je ne suis intervenu qu'à la fin, de toute façon ça n'a plus d'importance, crois-moi vraiment aucune importance. A la seconde 1423, reprit le plus jeune, tu as demandé à l'hôtesse de distribuer le dîner aux passagers, tu te souviens? Tu avais un ton convivial, tout allait bien, pas de turbulences, quand tu feras le café tu m'en porteras un peu avec du sucre? Tu lui as même demandé s'il restait un plateau pour nous deux, elle a répondu que les plateaux étaient comptés mais que peut-être les passagers ne mangeraient pas tous, tu as donné l'ordre que s'il en restait un il soit pour moi. C'est étrange, nous avons parlé de manger autant que ça? dit le plus âgé des deux en secouant un peu la tête. Oui, nous avons parlé de nourriture, puis à la seconde 1492, quand l'avion fut bien positionné pour sa montée vers les Alpes tu as dit reposons-nous un peu, et ce fut à peu près pendant ces secondes que nous passâmes exactement par le point où un autre avion avant nous avait rebroussé chemin à cause du givre, mais comment aurions-nous pu le savoir? Nous étions en liaison sur une autre fréquence et nous n'avons pas entendu ses communications. Nous continuâmes à monter et à la seconde 1653 je me rendis compte que quelque chose n'allait pas, nous perdions de la vitesse ascensionnelle, nous avons pensé tous deux la même chose, nous avons pensé aussitôt au givre, moi j'ai allumé les feux sous les ailes et j'essayai de voir où il était en train de se former, n'avais-tu pas toi aussi l'impression que ça se passait le long du bord d'attaque de l'aile? Tu m'as répondu oui, c'est là-haut, regarde. Du verglas, la pire des glaces pour les avions, la glace qui se forme tout à coup comme une gifle en entrant dans un nuage, difficile à faire partir, de l'eau en surfusion à l'intérieur d'un nuage, de l'eau encore à l'état liquide bien que la température soit au-dessous de zéro, gouttelettes invisibles en équilibre instable qui restent à l'état de gouttelettes uniquement en raison de la pellicule d'eau qui recouvre chacune d'elles en l'empêchant de geler, mais dès que quelque chose heurte la pellicule et la déchire les gouttelettes se solidifient instantanément autour de ce qui les a déchirées, nous sommes entrés dans ce nuage à deux cent soixante-dix kilomètres à l'heure, nous avons déchiré des millions, des milliards de gouttelettes qui se solidifièrent en se fixant soudain aux ailes comme des crustacés sur une baleine, nous nous sommes couverts de givre, le profil des ailes n'était plus le même, sans parler du poids. A la seconde 1740 tu m'as dit essaie de gagner encore quatre nœuds sinon nous ne montons plus, et j'ai exécuté l'ordre, mais à la seconde 1748 il y eut une abattée de roulis à l'improviste de mon côté, d'un seul

23

coup l'avion tomba sur le côté de quarante degrés, pas telle-ment d'ailleurs, on aurait dit un virage serré, j'ôtai immédia-tement le pilote automatique et je pris l'avion au manche, je le fis si rapidement que tu ne t'en aperçus même pas, tu m'as dit débraie le pilote automatique et je t'ai répondu mais je l'ai déjà fait, à la seconde 1750 a sonné l'avertissement de décrochage, j'essayais de redresser l'avion qui commençait à perdre de l'altitude mais il y eut une abattée de roulis de ton côté cent degrés d'inclinaison à gauche, cent degrés, savez-vous ce que ça veut dire? demanda le jeune en s'adressant à moi, ça veut dire vol sur la tranche, un avion de ligne placé sur la tranche, et il secoua la tête désespéré, à la seconde 1755 j'ai senti un coup sur les commandes, c'était le système automatique qui poussait vers l'avant le manche avec une pression de quarante kilos pour faire face au décrochage, j'ai dit à haute voix des-cends... descends... tu as dit à haute voix arrête... arrête... et tu as pris les commandes. Nous avons encore décroché, c'était le troisième décrochage, cette fois ce fut l'aile de mon côté qui partit de nouveau en décrochage, encore cent degrés à droite, tu as crié une imprécation contre l'avion, tu as crié saleté de connerie, je me souviens très bien...

Le commandant écoutait comme s'il avait parcouru et repar-couru ces secondes un million de fois. Vous entendez? me demanda-t-il en ajustant la visière de sa casquette, vous enten-dez comme il en parle? 1492, 1653, 1748, comme s'il s'agissait d'années, de dates historiques, ce furent trois cents secondes à peine, cinq minutes, cinq minutes pour comprendre, pour nous rendre compte, pour agir désespérément dans une nuit du début de l'automne, pendant une traversée sans fin des nuages, dans un ciel de givre terrible. Voilà, nous n'avons pas changé, nous sommes restés unis même après le crash, il n'arrive pas à se résigner, et pourtant nous nous étions conformés au manuel, ni plus ni moins, mais vous voyez comment il est, peut-être parce qu'il est jeune, et il le restera pour toujours.

Nous nous sommes tus tous les trois et notre silence fit resurgir les cigales et le souffle chaud de la mer. Nous regardions l'aéroport : tel qu'il était, avec la lune et les arbres sur les côtés, avec le petit bâtiment des années trente et les vieux hangars métalliques à voûtes, les ateliers de l'époque fasciste abandonnés de l'autre côté de la piste et la piste en herbe et la double bande de lumière qui finissaient dans la mer, cela aurait pu être n'importe quel aéroport, n'importe quel terrain d'aviation, en un point quelconque du monde à la limite entre la terre et la mer, en attente d'un décollage quelconque et d'un quelconque atterrissage, en n'importe quelle année et décennie de ce premier siècle de l'aviation, le lieu de tous les départs et de toutes les arrivées, de tous les départs ratés, de toutes les arrivées ratées.

Ensuite, reprit lentement le jeune en uniforme, ensuite, à la seconde 1760 l'avion a chuté de nouveau de mon côté, tu m'as ordonné de réduire les gaz et je m'exécutai, à la seconde 1764 sonna encore l'avertissement de décrochage, l'aile décrocha de ton côté pour la énième fois, et cette fois-ci jusqu'à 135 degrés, l'avion plongea presque sur le dos, vous imaginez ? Un avion de ligne volant sur le dos, soupira le jeune en faisant tourner sa main avec la paume vers le haut et en la laissant tomber, toi et moi nous étions à l'envers aussi, et je ne sais comment, avec le sang à la tête et alors que tout dansait j'ai réussi à voir l'anémomètre parmi les lumières sur le tableau des commandes, la vitesse montait rapidement de 185 à 231 nœuds, tout doucement l'inclinaison se réduisit, les décrochages sur l'aile cessèrent, je pensai nous allons y arriver peut-être, peut-être nous

25

allons le reprendre, nous avons tenté de le relancer en le cabrant un peu, c'était la seconde 1771, je t'ai crié tire vers le haut… tire vers le haut… tu m'as répondu je tire, à cet instant nous avons dépassé les 250 nœuds, la vitesse limite opérationnelle, et alors aussi l'alarme de survitesse a commencé à retentir. A la seconde 1779 tu as dit à nouveau je suis en train de tirer, mais nous étions en piqué, plus de 330 nœuds de vitesse, la limite maximale de manœuvrabilité et tu as crié mes commandes sont bloquées! A la seconde 1787 tu as crié encore tire et je t'ai répondu je suis en train de tirer, les décrochages retentissaient, la survitesse retentissait, tout retentissait, tout vibrait et chutait et à ce moment-là, je ne sais vraiment pas avec quelle force, dans cette position et à cette vitesse je me suis mis en contact radio et j'ai dit Milan, Alitalia 460, nous sommes en situation de détresse…, comme si ce message pouvait nous sauver, comme si quelqu'un pouvait faire quelque chose pour nous et pour l'avion, j'ai compris que nous l'avions perdu, que nous étions perdus, comment le croire? et pourtant nous étions perdus, et ce fut alors, à la seconde 1797 que tu m'as dit doucement, d'une voix étouffée, c'est le crash, tu as dit doucement, désolé et stupéfait c'est le crash…

La seconde qui a suivi…

Je t'en prie, dit le commandant, je t'en prie, et il le dit comme une prière rituelle et un peu sceptique quant au résultat, pas tellement parce qu'il ne voulait pas entendre le fracas de ce dernier instant, il voulait peut-être tranquilliser son second, peut-être voulait-il, lui, ne pas écouter ce dernier instant, oublier pour toujours cet instant, prière inutile, parce que l'instant d'après le jeune homme reprit sur le même ton, il dit on ne voyait plus rien, nous tombions à dix mille pieds à la minute, je m'aperçus que quelque chose dans l'avion n'allait pas à la seconde 1653, à la seconde 1797, moins de deux minutes plus tard, ce n'était plus un avion, nous étions simplement quinze mille kilos de métal de fibre de plastique et de personnes qui tombaient à pic, presque à l'envers, dans l'opacité sombre de la nuit et des nuages, sans pouvoir rien faire, sans même nous rendre compte de comment et pourquoi c'était arrivé. Vous imaginez? Nous nous étions cognés contre un nuage, nous avions pris de plein fouet un nuage qui quelques secondes après, intact et soulagé de quelques quintaux de givre, poursuivait tranquillement sa route vers l'est, et le matin suivant, quand on nous retrouva dans un bois, il glissait sans rien savoir sur la mer Ionienne ou sur les Balkans.

Il y eut à nouveau un silence, je pensai serrer la main du premier officier en triomphant de ma peur, que pouvait-il m'arriver? C'était un geste de solidarité et en tant que tel, pensai-je, Quelqu'un ou la Nature ou le Cosmos m'auraient exempté de toute horreur ou conséquence, mais le commandant lut mon geste dans mon regard et tranquillement il fit signe que non en secouant la tête. Vous êtes là tous les soirs? demanda-t-il en changeant de sujet. Vous avez de la chance, vous savez, c'est vraiment un bel endroit, à cette heure-ci en plus, et par cette saison, dit-il en arrangeant la visière de sa casquette et en regardant autour de lui avec une nostalgie infinie, désolée. Une seconde après il ajouta pourrais-je donner un coup d'œil aux avions dans le hangar? Je regrette, répondis-je, je regrette vraiment mais je n'ai pas les clés, je n'ai que les clés de la tour pour éteindre les lumières de la piste. Dommage, dit le commandant et il se leva. Le jeune premier officier se leva aussi, et moi avec lui.

Nous marchions vers la tour, nous marchions sans nous presser, chacun plongé dans ses sentiments, tout ce qui pouvait arriver était déjà arrivé, arrivé et terrible et irrévocable, et cette certitude et la douceur de l'endroit et la lumière de la lune semblaient inspirer à chacun de nous une adhésion totale au paysage, une acceptation de tout ce qui est, tel quel.

Même le ton de l'homme jeune était devenu plus serein et distant, il avançait les mains dans les poches et le regard baissé sur l'herbe, il disait nous sommes entrés dans un nuage et nous n'en sommes plus sortis, on ne comprenait rien, on comprenait seulement que tu avais hâte de foncer vers le haut, de trouer les nuages en haut comme avec les jets, de donner de la puissance et de partir, alors que j'avais hâte de descendre et prendre de la vitesse comme on fait avec l'hélice. Qui l'eût dit que nous reviendrions au vol à hélice à la veille de l'an deux mille ? Et pourtant nous avions fait ce qui était écrit sur le manuel, ni plus ni moins, nous avions respecté le manuel d'utilisation de vol à la lettre, il devait y avoir une erreur quelque part ou quelque chose d'incomplet, dit le jeune en me fixant dans les yeux. Le commandant répondit pour moi, il est inutile d'en parler dit-il sur le ton d'une consolation rituelle, avec ce givre de toute façon nous n'aurions pas réussi, du givre, la glace dure, crois-moi, personne n'aurait réussi.

(Tu sais, dit le plus jeune, je me suis toujours demandé ce que pense celui qui écoute les voix des pilotes morts dans l'enregistreur de conversations, celle des deux boîtes noires qui donne les conversations de bord. J'ai connu quelqu'un qui faisait ce métier, dit le commandant, c'était un vieux technicien de vol à la retraite, il travaillait dans les commissions d'enquête sur les catastrophes aériennes, une fois je lui ai demandé mais ça ne te fait pas quelque chose d'écouter ces voix ? Il a répondu non, pourquoi ? Mais qu'est-ce que tu cherches qui ne soit pas déjà dans l'enregistreur de vol, dans l'enregistrement des

manœuvres de vol? Je cherche le ton des voix, c'est important
tu sais, me dit-il, le ton des voix.)

Le long du canal de sortie du port glissait un bateau trans-
portant des passagers, silencieux et lent dans la nuit, il sortait en
pleine mer avec un grand pavois d'ampoules de couleur. Nous
nous arrêtâmes tous les trois pour le regarder, ombre mobile
dessinée par les lumières, majestueuse et imperturbable. Tu les
as entendus les passagers derrière nous? demanda le jeune. Le
commandant fit signe que oui sans détourner son regard du
bateau, les dernières secondes dit-il, les dernières secondes
je me suis rendu compte de ce qu'étaient les bruits, les voix qui
parvenaient à travers notre porte fermée, et non seulement les
voix. Mais ce fut le dernier instant…

Au pied de la tour de contrôle je me retournai, je me sentais
coupable de ne pas pouvoir les accompagner dans le hangar et
je les invitai à monter, mais le commandant, après un instant
d'incertitude, dit non, je vous remercie, il vaut mieux pas.

Je comprends, répondis-je, j'en ai pour une seconde et je
redescends tout de suite, et je fixai dans les yeux l'homme le
plus âgé en uniforme et il dit mais bien sûr, avec un petit haussement d'épaules. La seconde d'après je montai les marches
quatre à quatre, j'entrai dans la salle obscure, je trouvai l'inter-
rupteur grâce à la luminosité de la lune qui inondait la petite
salle circulaire et les instruments à travers les baies vitrées, je
baissai le levier et les deux rangées de lumières bleutées dans
l'herbe disparurent dans la nuit, une route qui se dissout
dans l'obscurité pensai-je, la piste elle aussi va dormir, l'instant
d'après je descendais les marches quatre à quatre, encore un
instant et j'étais dehors. Je regardai autour de moi, je ne sais
pas à quelle seconde nous étions mais les deux autres n'étaient
plus là. Je courus dans l'herbe, je courus vers les arbres, puis

vers le hangar, puis vers la terrasse, et je les vis enfin : ils marchaient lentement le long de la piste éteinte, lointains et de
dos, l'un discutait avec lui-même avec des gestes du tranchant
de la main ou la paume renversée, l'autre, le plus âgé, semblait
lui tenir compagnie mais tournait la tête latéralement, il regardait la lune et le bateau de passagers au large. Je restai pour
les observer jusqu'à ce qu'ils se dissolvent dans l'aube, dans la
mer, dans le ciel.

Et tout le reste ?

J'étais un aviateur qui venait de la route, j'avais derrière moi une longue carrière de marcheur, j'avais toujours beaucoup marché et regardé presque toujours par terre. J'étais hypnotisé par le mouvement, par le glissement du paysage en miniature. Depuis mon enfance, en marchant et en regardant par terre, il me semblait que cette translation ressemblait à ce qu'on aurait pu voir à partir d'un avion : le tout proportionné, même la vitesse semblait adéquate, les joints des trottoirs étaient des routes qui formaient un périmètre autour des pâtés de maisons, les flaques d'eau étaient des lacs à l'intérieur de volcans, les rigoles des fleuves en crue avec des affluents. A l'origine, dans mon enfance, je pensais être un tramway et en marchant je faisais tous les arrêts, j'ouvrais et refermais les portes en soufflant entre mes dents. Mais quand je n'étais pas occupé par les transports urbains sur rail, je me sentais un avion : non pas un pilote, j'insiste, mais un avion. Quand je serais grand je serais un avion, un plus grand, un à quatre hélices, je grandirais en envergure d'ailes et en chevaux-vapeur. En tant qu'avion je naquis donc d'un tram, comme le papillon d'un ver, et en tant qu'avion je survolai les routes à une certaine altitude, celle des yeux d'un enfant, même si j'aimais effleurer le sol avec la joue en de longs et boueux rase-mottes. En tant qu'avion je me sentais responsable de ceux que je transportais, pilotes, passagers, courrier ou volaille ; et ce sentiment de responsabilité, pour moi qui étais foncièrement une *chose*, qui appartenais à la famille des choses, me faisait sentir, en tant que chose, que j'étais une chose à la hauteur des êtres animés que j'avais à bord. L'enfance aussi est une certaine altitude, un certain rapport avec la terre, une question de dimensions que l'on n'aura jamais plus, un point de vue qui s'épuise, dont, une fois perdu, on perd même la mémoire. Rien, sauf les derniers instants d'une violence ou d'une démence, ne pourra jamais plus me redonner l'intimité avec les bouffées de vent poussiéreux, avec les vieux papiers et les insectes, avec les baies et les racines et le terreau d'où je viens. Peut-être qu'en me transformant en avion je ne voulais qu'être déjà adulte, parce que seule l'illusion de la continuité nous permet de croire que l'enfant et l'adulte qui en résulte sont la même chose, deux stades de la même unité, alors que l'enfance ne se développe pas, elle tombe simplement comme les dents de lait, remplacée par un mélange de chair nouvelle, trame d'ivoire et d'émail, semblable mais non plus la même ; l'enfant et l'adulte sont deux genres différents de la nature, deux espèces et appartenances différentes (ne serait-ce que par la détermination provisoire à survivre qui expose l'enfant à tous les risques, et la détermination opiniâtre à survivre qui expose l'adulte à tous les ridicules). Ainsi, le tram qui était en moi s'éteignit, et je devins un enfant de reconnaissance ou de transport, formé par le vélo aux inclinaisons latérales, aux descentes planées et à la chute ; un enfant de chasse qui nouait des liens fraternels avec ses camarades, fondés sur la connaissance de tous les types d'avions et de leurs fonctions, connaissance illustrée par un petit livre de silhouettes d'avions pour la reconnaissance depuis le sol, probablement du matériel militaire inutilisé que j'avais trouvé qui sait où, pas très différent des petits livres qu'on utilisait autrefois en ornithologie pour reconnaître les oiseaux à leur envol. Le moment successif où je dus me transformer d'avion en pilote coïncida avec une phase douloureuse de ma vie, parce qu'à cette métamorphose s'ajouta aussi le passage de témoin à acteur. J'avais appris en été dans un cinéma en plein air qu'il y avait une dignité dans le fait d'être témoin. Très vite, en effet, on se rendait compte que les héros mouraient et qu'ils avaient la gloire, alors que les amis, les seconds rôles, en gardaient la mémoire et transmettaient l'événement, et qu'il leur revenait d'être utiles. Je commençai à nourrir de plus en plus de sympathie pour ces figures secondaires et présentes qui assistaient à l'action tragique en sachant dès le début que ça allait mal finir, et qui, en agissant ainsi, rendaient le film possible ; que par le fait de se tenir à côté, *a latere*, ils insufflaient de la solidité en tout. Au cours d'un de ces étés, je décidai que quand je serais grand je jouerais le rôle de témoin, bien qu'il me fût difficile de dire dans quel domaine de la vie. Mais là, dans ce cinéma, se consolida aussi ma vocation d'avion, et celles-ci étaient les deux voies qui s'ouvraient à moi, avion ou témoin.

Devenir pilote signifia donc abandonner une double nature à laquelle j'appartenais, ma nature de chose aéronautique et ma nature testimoniale ; mais il doit y avoir quelque survivance de mon précédent stade métallique, car aujourd'hui encore je préférerais tenter un atterrissage de fortune plutôt que m'éjecter, et je ne pourrais jamais abandonner l'avion à son destin. D'ailleurs, une manie est une manie, avec le temps on peut la voir à l'œuvre, en découvrir la continuité, reconnaître comment elle a travaillé souterrainement, quand elle est apparue et comment elle a été cachée et recomposée et justifiée et transformée en autre chose, rendue silencieuse afin qu'elle parle différemment ; à ma décharge, en admettant que je doive me justifier, je peux dire seulement que mental et manie ont la même racine.

Le meilleur vol est indubitablement mental, il ne requiert aucun moyen de transport sophistiqué ni de brevets ni d'habilitations, mais simplement l'aptitude à être pilote de soi-même, de sa propre imagination. C'est ainsi qu'on a volé pendant des millénaires, le ciel de l'Antiquité est saturé de trafic aérien, parcouru par une multitude de créatures volantes, d'objets aériens et si je les apercevais aujourd'hui au-delà du pare-brise, je devrais les signaler sur les documents comme des *Unidentified Flying Objects*, des OVNI : des aigles dirigés par des manivelles, des colombes mécaniques, ou le trône aérien de Kā'ūs, le roi qui vola jusqu'aux confins de la Chine à bord d'un siège quadrimoteur, tiré par quatre aigles qui poursuivaient quatre cuisses d'agneau impossibles à atteindre. Ce que j'aimais, c'étaient les détails extrêmes dans la motorisation, comme si l'imagination par elle-même n'eût pas été axiomatique et qu'elle eût nécessité au contraire des engrenages vraisemblables sur lesquels pouvoir s'appuyer ; mais c'était aussi la façon, imaginais-je, dont le pressentiment de la machine, ou son désir, avaient couvé à l'intérieur du rêve. Au cours des siècles, le chantre avait été pilote, et plus tard le scribe, chaque fois qu'il avait raconté les vols de Salomon, ou de Mahomet et des prophètes précédents à cheval sur la même jument aéronautique ; pilote, quiconque eût raconté l'histoire de Malek aux commandes de la caisse volante, qui en touchant une vis descendait, en en touchant une autre montait, en manœuvrant les autres virait à gauche ou à droite ; et mieux que tous les autres, les chamans, les soufis et tous ceux qui volaient sans aucun support, en laissant l'âme voler pour eux dans leur recherche. Des centaines de pilotes inconnus avaient volé comme ils pouvaient, attribuant des ailes à tout ce qu'on apercevait en mouvement dans l'espace, le soleil, la lune, les corps célestes, puis les dieux, ensuite les hommes et les animaux, et aussi les griffons, les dragons, les hybrides de la nature. Vint enfin le temps des objets, et c'est alors qu'on vola avec tout : tapis, sofas, chapeaux, bottes, manteaux, anneaux, lits et toute sorte de mobilier. Honneur et gloire à cette multitude d'aviateurs de l'imagination et de l'esprit, presque aucun d'eux n'eut à subir de dommages, la seule panne possible étant un défaut de l'imagination. Quant à moi, dans ma métamorphose d'avion en pilote, je ne parvins plus à me passionner pour la colombe d'Archytas de Tarente ni pour Bellérophon à cheval sur Pégase ni pour la nef de Lucien de Samosate soulevée par le vent arrachée à la mer et lancée vers la lune ; j'aimais Ovide, mais l'idée de Persée en vol avec la tête de Méduse dégouttante de sang me laissait aéronautiquement indifférent, de même que Dédale et Icare, les plumes qui se détachent du fils à cause de la fusion de la cire et il ne peut plus alors battre des ailes et est précipité à la mer, le père qui, volant bas sur la mer, n'aperçoit rien d'autre qu'un éparpillement de plumes, Leopardi avait opposé une objection inexorable, comment la cire peut-elle fondre si au fur et à mesure que l'on monte la température décroît ? C'était vraiment de Leopardi, cette adhésion au mythe en même temps qu'au gradient vertical de température. L'histoire la plus belle restait pour moi celle de Simon le Magicien qui veut impressionner le peuple romain et qui pour satisfaire Néron accepte de répéter sur une place le vol d'Icare, et il se présente à saint Pierre avec sa machinerie d'ailes et lui dit : « Regarde-moi, Pierre, car je m'en vais vers le Seigneur dans le ciel en présence du peuple qui m'observe », et Pierre aussitôt s'écarte, s'agenouille sur les pierres de la Voie Sacrée et, levant les yeux au ciel où va s'accomplir le prodige de Simon le Magicien, invoque le nom du Christ, ô Seigneur, fais que ta grâce montre à tous ta puissance, je ne demande pas qu'il meure, mais que quelque chose dans ses entrailles tressaille, et qu'il tombe à terre, et en trois parties se brise le tibia. C'est cela que j'aimais, la précision dans la requête de la fracture, le fait qu'il s'agissait d'un petit cas de magie noire pratiquée par l'apôtre Pierre contre Simon le Magicien, un envoûtement contre un démoniaque et simoniaque, mais en fait le vrai magicien était Pierre, un magicien dont Simon le Magicien finissait par être la victime, puisque, une fois en l'air, il décrocha, chuta, et quelques jours plus tard mourut de ses fractures à la jambe.

Moi, en tant qu'avion, j'appartenais au siècle des traductions en choses, le siècle le plus réaliste qu'on ait jamais vu, un siècle qui solidifiait l'imagination en objets (et qui plus tard, en se dépassant lui-même, deviendrait le siècle de la disparition des choses, remplacées par leur image). Pour chaque mythe resté sans écho dans l'histoire, pour chaque rêve ou simple narration fantastique, on parvenait tôt ou tard à construire l'objet qui leur correspondait parfaitement, l'objet physique capable de les réaliser véritablement, bien que de manière plus pénible, compliquée et embarrassante. *Que se passe-t-il ? Là-haut, à vingt mètres au-dessus du sol, un homme est emprisonné dans une cage de bois et se défend d'un danger invisible qu'il a assumé volontairement,* je lisais cette phrase surprenante, voici un aéronaute mental qui prend le premier instantané d'un avion dans le ciel, c'est un événement imaginé pendant des millénaires, prévu jusque dans le détail du bois de la caisse ou de la cage, et qui, dès qu'il devient possible, se renverse en un fait mécanique, inexplicable et ridicule : le pilote «emprisonné» était Blériot, le «photographe» Franz Kafka. C'était la première fois que Kafka voyait un homme voler vraiment, ce fut aussi la première fois qu'il vit D'Annunzio, et pour D'Annunzio, en cet après-midi de 1909 à Brescia, ce fut la première fois que quelqu'un l'emmena en vol. Un après-midi plein de premières fois. Un après-midi plein, aussi, de rencontres manquées. Kafka vit et décrivit D'Annunzio petit et trottinant, en revanche D'Annunzio ne remarqua Kafka en aucune façon, et d'ailleurs il n'avait pas de raison de le remarquer, puisque à l'époque Kafka était un jeune homme de Prague non publié et inconnu.

Les foules accouraient aux premières manifestations aéronautiques, et pourtant, pensais-je, le vol était possible depuis plus d'un siècle, depuis l'époque des ballons aérostatiques, mais c'était comme si l'aérostat n'avait jamais incarné l'idée du vol, peut-être en raison de son immobilité, un ballon en équilibre dans le ciel est plongé dans l'inertie la plus complète, il ne possède aucun mouvement propre, ce n'est pas lui qui bouge mais la masse d'air à laquelle il appartient. Tout est statique autour de l'aéronaute, son manteau n'est pas agité, il ne sent pas l'action du vent, pas même lorsque le courant aérien dans lequel il baigne l'entraîne à grande vitesse. S'il déposait des bulles de savon sur une tablette devant lui, elles resteraient dans un état de quiétude absolue, et la flamme d'une bougie ne vacillerait pas. Créature d'un règne intermédiaire, l'aérostat était resté suspendu entre la fin du vol comme mythe et la naissance du vol comme expérience technique ; l'ancre étrange suspendue à l'extérieur de la nacelle indiquait une vocation particulière, amphibie, médiane, comme s'il existait encore un lien avec la mer, avec l'élément liquide, motivé par une communauté nautique dans le domaine des fluides ; mais à la différence des bateaux, l'aérostat n'a jamais pu tirer parti du dualisme, de la contradiction eau/air qui a permis la mobilité du bateau et de la voile. Le ballon fut une créature toute faite d'air, une créature air/air, contrainte à l'intégralité d'un seul élément. Il appartint plus à la famille des nuages qu'à la détermination du vol.

Cette absence d'ailes chez un objet volant était pour moi intolérable, j'avais toujours relié le vol à la forme ailée, probablement parce que la créature ailée est le modèle naturel, c'est l'animal qui vole. Venant d'une enfance d'avion, je savais bien que les machines cachaient un rapport secret avec le monde animal, un rapport contradictoire d'affirmation et de puissance, mais aussi d'imitation et de nostalgie, puisque nous nous sommes affranchis une fois pour toutes de ce monde-là, justement à travers la technique, mais séparés de lui aussi une fois pour toutes. Pour en témoigner, ne restaient que les noms des modèles, des avions comme de tant d'autres machineries, pris souvent dans le monde animal ou qui rappelaient ce monde-là ; en tant que pilote j'allais avoir l'occasion de voler sur des « faucons », des « milans » et des « cigognes », sans jamais oublier que cockpit, l'habitacle, signifie poulailler en anglais.

En tant qu'avion, je ne savais pas pour quelle raison l'avion arrivait à se maintenir dans le ciel et, en fait, je ne me posais pas la question ; plus tard, en tant que pilote, je dus constater que, bien que personne ne sût dire pourquoi l'avion vole, et qu'il fût plus facile d'expliquer pourquoi il tombe, il existait cependant de bonnes lois descriptives du phénomène et des règles extrêmement sérieuses de construction, avec lesquelles je commençai à me familiariser. De même que je me familiarisai avec la vitesse qui crée une dépression sur le dos de l'aile et une sur-pression sur son ventre, en coupant les filets fluides –

définition étrange qui unissait, pour moi, l'idée du bœuf à celle de la fluidité – ou bien les particules d'air d'une même ligne de courant, qui se partagent au contact en mordant sur l'aile, et lui confèrent portance et sustentation, étrangement produites, pourtant, pour deux tiers par la dépression sur le dos, et pour un tiers par la pression sur le ventre, donc l'avion était pour deux tiers aspiré dans le ciel, et pour un tiers soutenu, cas exceptionnel dans lequel la dépression, triomphant sur tout, nous soulève vers le haut. Voilà ce que l'on pouvait dire avec certitude sur le vol.

Très tôt se dessina une limite entre le vol et *tout le reste*. Je faisais tout ce qui était dans mes possibilités pour ne pas perdre de vue *le reste*, mais ma nature de témoin et de chose était encombrée par cet être pilote qui occupait mon corps comme une grossesse ; j'attendais le moment où cela deviendrait un simple aspect de la vie, mais ce moment tardait, sans doute parce que je vivais jour et nuit dans un aéroport, un vieil aéroport à l'architecture fasciste, et quand je ne volais pas je restais avec les hommes de la tour ou avec les mécaniciens, je prenais part aux services d'entretien et aux communications, et s'il fallait retirer des pièces de rechange ou apporter en réparation une hélice ou une radio, je montais sur un avion et je décollais pour Bolzano ou Forlì. Je trouvais mon compte dans tout cela parce qu'on pouvait être sûr d'une chose, tout servait, le vol était un fait purement intellectuel et culturel, plus on en savait et plus grandes étaient les chances de vivre, plus on en savait et mieux on volait, et qui sait dans quel ciel ou dans quel nuage ou dans quelle panne cela deviendrait utile, ou reviendrait à l'esprit soit comment était faite l'armature d'une aile, soit l'endroit exact où le moteur était posé sur son châssis à l'avant, soit quel était le circuit des petits tuyaux qui amenaient de l'air jusqu'aux instruments de navigation en transformant l'air, qui vous aspirait déjà et vous sustentait, en altitude et en orientation. Mais je dois être plus sincère : c'est justement parce que j'avais été une chose que je savais de manière naturelle comment les choses étaient faites, je connaissais instinctivement les noms des parties, et comment elles se reliaient au reste, à tout le reste, et je ne savais pas d'où me venaient cette connaissance et cette vocation, dont j'ai toujours eu honte et que je vis comme un gaspillage et une faute. Certes, l'instinct était fondamental, comme le voulait Bruno, mais pour le cultiver il n'y avait d'autre façon que de voler et voler encore, quand ce n'était pas dans le ciel cela avait lieu à l'atelier, le *hangar flight*, le « vol » et les bavardages dans le garage, et avoir affaire avec tout ce qui avait affaire au vol. Le vol, de cela aussi on se rendait vite compte, n'est pas du tout naturel, c'est même pour nous la chose la moins naturelle qui existe, et la peur à cet égard est un sentiment cohérent et sain. Le vol avait révélé ce caractère non naturel justement au moment où il cessa d'être vol mental et devint expérience corporelle ; le vol chamanique aussi, à vrai dire, ou mystique, avait certainement à voir avec une sensation physique, et cependant il n'était pas très facile d'en percevoir les caractères, du moins pour moi, qui à cause de mon insuffisance étais obligé de voler avec un appendice métallique, en conduisant ce que j'avais été autrefois, et qui devais m'exprimer en termes de *conduite*, même si le fait que le mot *conduite* pût se référer tant au fait de conduire un avion qu'à un comportement moral n'était pas pour me déplaire. Pour rendre le vol « naturel », il avait été nécessaire de le formaliser le plus possible, de construire une grammaire complexe de règles et d'exceptions, un corpus de procédures et de précautions, corrigé et amendé au cours des décennies à travers les erreurs et les catastrophes, car il s'agit d'une grammaire dont les erreurs sont payées *cash*, et au prix le plus élevé. Chaque langage technique, dès son apparition, se détache du langage commun, du savoir commun, et construit un lexique de mots nouveaux, d'images mentales et de représentations spatiales, autonomes, et, ce faisant, il étend les limites de nos connaissances et du langage général, et parfois change aussi en partie notre façon de vivre et de mourir. Mais peu à peu, même la langue la plus opérationnelle commence à restituer quelque chose aux mots et au sens commun, sans doute au moment de sa pleine maturité, ou de sa pleine diffusion, ou au début de son déclin. C'est comme si elle libérait quelque chose qui était gardé en son intérieur, caché dans son opérativité, des idées de comportement et d'orientation, des circuits de l'esprit et de la perception, des sentiments ; c'est comme un lent retour à la langue maternelle. C'était ce quelque chose que, au moment de perdre ma nature d'avion, je commençai à appeler « le savoir du pilote ».

Dans mon enfance, je possédais un *Guide des voyages aériens Paris-Londres*[*][1], lui aussi arrivé qui sait d'où, ne venant certainement pas de mes parents qui n'auraient en aucune façon pu se permettre des voyages en avion, et d'ailleurs, comme il s'agissait d'un petit livre des années vingt, il aurait plutôt appartenu à leur enfance ; c'était un simple guide, tout au plus le « guide officiel » selon l'inscription sur la couverture, en vente pour les passagers de la première ligne aérienne sur la Manche. Pendant des années je n'avais pu qu'en feuilleter les pages, passant des heures sur les photographies de villes et

---

1. En français dans le texte, comme dorénavant tous les mots ou ensembles suivis d'un astérisque *[NdT]*.

campagnes et de paysages terrestres, sans comprendre que ces vues aériennes portant en dessous la légende « Un virage sur Paris ! » ou « La plage du Crotoy » ou « Le comté du Kent »* n'étaient pas de simples illustrations pour un texte qui était pour moi incompréhensible, mais qu'elles étaient, au contraire, le sujet même du guide, le guide apprenait à voir, et à travers la vue à suivre la géographie le long de la route, depuis le virage initial sur Paris après le décollage à Écouen, sur le lac d'Enghien, jusqu'à la plage de Crotoy, au port de Boulogne, à la Manche, et puis encore à Ashford et Maidtone, jusqu'à l'aéroport final de London-Croydon. Les images, à l'époque de mon enfance d'avion, n'étaient pas si fréquentes et un livre avec des illustrations durait longtemps, pour moi le *Guide* dura jusqu'au-delà de mon adolescence à part quelques courts abandons, lorsque je fus en condition d'en comprendre le texte, qui disait dans son incipit : « Le passager qui, pour la première fois, s'élève dans l'air va d'étonnement en étonnement. Sa vision du monde est toute bouleversée. C'est, en effet, la vision verticale qui, soudain, se substitue à la vision horizontale à laquelle il était depuis toujours habitué. Aussi le voyageur aérien est-il parfois complètement perdu en l'air. C'est toute une éducation de l'œil qui est à faire. Mais elle se fait vite. Bientôt, la monotone mosaïque des champs s'animera quand vous saurez donner un nom aux villages, reconnaître les places et les édifices, vous promener au-dessus des villes. La vision à la verticale est une grande nouveauté, car elle réduit tout en surface, les montagnes, les monuments et la tour Eiffel elle-même. Mais cette vision est rare et fugitive. Le plus souvent, c'est la vision oblique qui surprendra votre regard. Alors les maisons, les monuments, les reliefs se présentent sous l'aspect cubique. Mais vous vous accoutumerez vite à la vision oblique, à vrai dire plus complète que celle des surfaces. » En tant que pilote, j'eus la possibilité d'expérimenter la vérité de ces lignes que pendant des années j'avais commentées en silence comme des psaumes, la vision de celui qui vole n'est pas une vision du haut, la vision verticale est « rare et fugitive* », et même la vision à la verticale n'existe pas pour le pilote, pour regarder verticalement au-dessous de moi j'aurais dû avoir une trappe ou un hublot juste sous mes pieds, tout à fait comme le pointeur qui dans le ventre des bombardiers contrôlait la vision verticale. D'ailleurs, la seule façon que j'avais de voler sur la verticale d'un repère quelconque à terre c'était d'y voler autour en cercle, en choisissant ce point comme centre d'une rotation constante, et en le gardant toujours en vue dans un rayon en perspective. La véritable vision du pilote était une « vision oblique », non une vision du haut, comme le signalait le *Guide* dès le début : la vision à la verticale « est rare et fugitive. Le plus souvent, c'est la vision oblique qui surprendra votre regard. Alors les maisons, les monuments, les reliefs se présentent sous l'aspect cubique* ». Je n'aurais pas su dire si ce « cubique » devait quelque chose à la peinture du siècle ou s'il l'avait influencée, mais j'étais content de sa signification métaphorique et de ses implications générales, il serait affligeant de devoir payer le vol par la condamnation à la « vision des choses du haut », la façon de regarder de la divinité, dont chacun de nous se sentirait non seulement indigne mais franchement embarrassé et accablé.

C'était toutefois un problème que je ressentais depuis que j'étais pilote, avant, en tant qu'enfant avion, je ne m'en souciais guère ; la vision du pilote était donc celle d'une relation avec la terre et d'une profondeur spatiale, ce qui vous reliait était tout d'abord un fil optique, le faisceau visuel de la perspective dont notre œil n'était qu'un des sommets, déterminé par tous

43

les autres. A partir de cette vision, j'appris à déterminer ma position et à corriger l'assiette. J'expérimentais chaque jour à quel point ce lien visuel était vrai et nécessaire pour la conduite de l'avion dans l'approche finale pour l'atterrissage : les indicateurs lumineux de pente d'approche sur les côtés de la piste changeaient de couleur en fonction de la pente sur laquelle on se trouvait, si on les voyait tous blancs on volait au-dessus du plan d'approche, tous rouges on volait au-dessous, et si on était à la bonne hauteur on voyait les plus lointains rouges et les plus proches blancs. C'était un véritable sentier lumineux que le regard interceptait de loin, si je parvenais à descendre le long de cette mutation chromatique en gardant rouges les barres lointaines et progressivement blanches celles qui étaient proches, je toucherais la piste au point de contact juste. Tout cela dans le meilleur des cas.

Depuis que j'avais cessé d'approcher ma joue des flaques bourbeuses, dans les atterrissages face contre terre, je n'avais jamais plus eu un rapport aussi nécessaire avec celle-ci. Malgré cela, je commençais à me demander ce que je perdais et ce que je gagnais dans le passage d'avion à pilote ; je perdais assurément en naturel et en bonheur, à l'époque de ma nature de chose en métal je fermais les yeux et je me roulais sur les talus avec un bruit de boîte de conserve sans penser à rien d'autre, à présent, en tant que pilote il fallait beaucoup plus d'attention, pour faire un demi-tonneau dans le ciel je devais calculer l'altitude et la vitesse et dans la rotation avec la tête en bas je devais garder les yeux fixés sur les instruments, et cette pirouette qui de loin pouvait avoir une certaine grâce devait être pensée et préparée et contrôlée, et discutée ensuite à terre pour comprendre pourquoi je ne la réussissais pas. En revanche, là où je gagnais, peut-être, c'était justement dans mon rapport avec *tout le reste*, ou du moins je l'espérais. Mais j'étais probablement arrivé trop tard, ma métamorphose eut lieu à une époque que je pourrais sans difficulté indiquer comme celle du « crépuscule du pilote » : les avions, même ceux avec lesquels je volais, étaient désormais pleins d'électronique et d'automatismes, il était clair pour tout le monde que dans l'énorme système terre-ciel-terre, le point faible, le point de panne possible, était justement le pilote, ce que je m'apprêtais à devenir. Je pensai alors que du « savoir du pilote » j'aurais pu acquérir la complexité, et donc un rapport plus mûr avec la variété de *tout le reste*, avec son fouillis d'enchaînements et de coprésences et d'oppositions déchirantes.

Il y avait dans le vol des choses dont je sentais qu'elles m'attiraient instinctivement et toutes ensemble, la météorologie et l'orientation, la mécanique et l'avion, que je connaissais bien pour en avoir fait partie ; il y avait la géographie que j'aimais comme un art du lieu, dans cette vision, oblique ou cubique ou quelle qu'elle fût, l'espace devenait une représentation, on pouvait vivre la continuité qui lie la plaine aux montagnes, les fleuves à l'effritement des deltas, la ville pulvérisée dans les banlieues, même l'histoire de notre installation se présentait dans une perception immédiate de sa nécessité et de son écroulement, dans le vol géographie et histoire s'unissaient dans la représentation simultanée du chaos parfait auquel nous appartenons.

Mais il y avait plus, bien que je l'aie compris très tard, le vol, non naturel et artificiel, avait été un seuil extrême, un dernier lambeau où par instinct ou procédure on pouvait parcourir la multiplicité infinie des variables en gardant un ordre, le vol était une dimension extrême de la probabilité, tout aussi étroite que la petite marge d'inclinaison latérale ou verticale dans laquelle l'avion est encore un avion en vol. Il avait été possible de labourer et de cultiver cette marge comme un lopin de terre dans le désert, le « savoir du pilote » s'occupait de cela, c'était là son thème, la constance du thème, car c'était là aussi le thème de *tout le reste*. Sauf que la nature de tout le reste était en train de changer, il ne suffisait plus de trouver des sagesses d'équilibre aux extrêmes limites, la part active de gouvernement, de *conduite*, semblait être prise non plus, ou non seulement, dans des variables infinies, imprévisibles et complexes mais dans une éruption de déchirures ouvertes comme des blessures, ou comme des bouches ricanantes. Le « savoir du pilote » avait une docilité et souplesse qui lui étaient propres, une complexité due aux dimensions en jeu, à l'élément naturel auquel elle s'appliquait, l'air omniprésent et insaisissable mais avec des lois terribles ; il avait une nécessité de prévision, et en même temps, par la force des choses, par la force de la navigation, une totale capacité d'adaptation aux circonstances, mais dans chacun de ces domaines, concernant les nuages ou la route ou un symptôme d'avarie, dans toute cette liquidité et multiplicité il existait pour chaque question un point où ce savoir était obligé de se figer, de se consolider à l'instant en une décision, et en un geste, qui excluaient tous les autres. Dans le monde de *tout le reste* ce moment devenait obsolète, et moi, dans ce monde, d'avion que j'étais, je me transformai en pilote au moment précis du crépuscule du pilote, lorsque même les meilleurs n'allaient pas parvenir à garder ouvertes les lacérations et à recoudre en même temps la douleur.

Pauci sed semper immites

Au coucher du soleil, je m'asseyais à une des tables du bar sur la vieille terrasse – ce n'était pas vraiment une terrasse mais un espace de briques craquelées avec une balustrade, à peine surélevé –, d'où l'on voyait toute la piste déserte couleur d'herbe, en un contraste avec la mer que seules l'heure et la saison rendaient possible. Je parlais avec la dame du bar, elle se plaignait de son fils qui passait tout son temps dans les hangars avec les mécaniciens au lieu de l'aider, je chantai les louanges des mécaniciens et fis l'apologie de la valeur hautement formatrice de leur fréquentation ; sans prêter attention à moi, elle finit d'enrouler le rideau décoloré, ferma de l'intérieur les portes vitrées, s'en alla et, avec elle, les quelques personnes qui étaient encore restées après l'éphéméride, dont l'achèvement déterminait la fermeture de l'aéroport. Je restais là avec une bière et un manuel après avoir volé toute la journée ; dans cette lumière qui survivait, dans le repos qui gardait un souvenir des vols, je me désespérais des erreurs que j'avais commises et à propos de ce que je ne parvenais pas à faire. Ce soir-là, je me désespérais à cause de la figure du deux trois cent soixante, une procédure d'atterrissage avec moteur en panne, une vrille en deux tours en descente sur le terrain qu'il fallait réaliser le moteur éteint en perdant tant de pieds au premier tour et autant au second, en maintenant l'avion sans moteur à la vitesse la plus efficace, celle avec laquelle il ferait le plus de chemin ; et entre-temps, il fallait partager mentalement la piste en trois sections, et décider à temps où toucher le sol avec les roues et toucher exactement là où on avait décidé. Je n'y arriverai jamais.

Ça vous paraît difficile ? demanda le monsieur âgé en s'asseyant à ma table, si vous aviez vu ce que nous, nous faisions, croyez-moi rien n'a changé, les figures sont toujours les mêmes, votre deux trois cent soixante Lindbergh le faisait déjà en instruction militaire à Brook Fields, San Antonio, ce devait être en mille neuf cent vingt-trois ou en vingt-quatre, les figures sont comme des pas de danse, looping, tonneau – un, deux, trois, pas de deux, pas glissé, pas floré* – toujours les mêmes, à propos, savez-vous danser ? Croyez-moi c'est important de savoir danser, moi je réussissais très bien le Huit Cubain, qui n'est pas d'ailleurs difficile à faire, un très beau pas de danse dans le ciel. Ou bien le looping sur l'aile, je le faisais avec un avion qui n'était pas né pour l'acrobatie, je le faisais avec le *Soixante-dix-neuf,* le plus célèbre trimoteur de guerre italien, une grosse bête de dix tonnes.

Je n'avais pas fait attention à ce monsieur avant que le bar ne ferme, nous étions maintenant les deux seules personnes dans le petit aéroport, le soleil descendait lentement derrière la rangée d'arbres, le monsieur laissa ses doigts s'attarder sur sa belle pince de cravate qui avec la pochette de sa veste en laine légère lui donnait un air sérieux et ironique, puis il reprit : savez-vous comment je faisais ? je partais d'un passage rapide en rase-mottes, un piqué à quatre cents kilomètres à l'heure, puis je rappelais, en insistant au début et en lâchant le manche peu à peu, je menais l'avion en parabole dans le ciel, jusqu'au faîte, jusqu'au point où il s'arrêtait dans sa montée, là il fallait manœuvrer, ni trop tôt ni trop tard, si l'on voulait qu'apparaisse une circonférence parfaite, quand on se sentait pendu comme un saucisson et sans plus de salive dans la bouche et qu'on voyait l'anémomètre presque à zéro et que les moteurs se noyaient dans l'air impuissants à pousser encore plus haut, alors je levais la manette à gauche et j'enfonçais la pédale du même côté, le *Soixante-dix-neuf* tournait sur l'aile et pointait son nez en chandelle vers la terre. Je coupais aussitôt les deux autres moteurs, la vitesse augmentait démesurément, je mettais le trim à cabrer et je tirais le manche, et comment, que je tirais! Par un long arc de cercle en descente l'avion reprenait la ligne de vol, effleurait les eucalyptus, il filait bas sur les prés. La première fois où j'ai essayé de le faire j'ai presque failli me tuer mais je voulais fêter « mon » *Soixante-dix-neuf*; ton avion est arrivé, Martino, dit le commandant, j'ai laissé l'équipage à terre, je n'ai pris avec moi que le mécanicien, nous sommes partis et quand on a fait ce looping sur l'aile, encore un peu et on crevait sur le coup, c'était un matin de printemps en mille neuf cent quarante-deux, oui je me souviens bien de cette date, j'avais vingt-trois ans et j'étais pilote et commandant. Un avion torpilleur, c'est ainsi que s'appelait la machine de même que sa spécialité, donc l'avion et l'aviateur, moi, j'étais un torpilleur. Le *Soixante-dix-neuf*, l'avion, un véritable bijou, un magnifique trimoteur Savoia Marchetti, qui savait formidablement encaisser les coups de la défense antiaérienne, une machine à l'air mauvais, une de ces machines qui ont déjà dans leur forme quelque chose de corsaire, et nous étions nous-mêmes quelque peu corsaires, nous étions contraints à une guerre de course à cause de la disparité des moyens, à cause des circonstances, de la bêtise de ceux qui nous envoyèrent dans ce conflit en Méditerranée selon la meilleure tradition italienne, talent individuel et aucune structure derrière nous. Un bijou je vous dis, un magnifique trimoteur, tacheté comme un léopard, le camouflage méditerranéen, la bosse tout de suite au-dessus du cockpit était pour le mitrailleur, une mitrailleuse à l'avant, une autre vers la queue, deux canons qui pointaient de cette bosse, la bosse du « maudit bossu » comme certains surnommèrent l'avion, sur la gouverne la croix des Savoie, et que de fois depuis le canot en caoutchouc auquel nous étions accrochés après un amerrissage nous avons vu cette croix couler la dernière en même temps que les trois faisceaux licteurs inscrits dans les disques sur le dos des ailes, au moment où l'avion sombrait y compris croix de Savoie et faisceaux. Mais il flottait pendant des heures avant que cela n'arrive. Un beau trimoteur, rien à dire, un bijou, ça donnait une émotion que de le piloter, en plus des mitrailleuses de chasse dans la bosse il y en avait une autre dans le fuselage pour tirer à travers les sabords latéraux, mais le gros morceau, la véritable pièce de guerre se trouvait sous le ventre, une torpille d'une tonne ; descendre au ras des vagues, lâcher et placer la torpille dans le flanc d'un croiseur était un exercice complexe de hautes mathématiques instinctives, nous arrivions bas sur la mer, non pas pour éviter les radars dont nous ne savions même pas que les Anglais les possédaient, nous arrivions bas sur la mer pour exploiter la courbure terrestre et n'être visibles qu'au dernier moment, chaque avion avec six personnes, deux pilotes, un mitrailleur, un radiotélégraphiste, un photographe, les photos étaient importantes, je vous expliquerai plus tard pourquoi si vous voulez, et un mécanicien. La statistique pour le torpilleur – avion et homme – était de trois missions, quatre peut-être, on revenait difficilement de la cinquième selon le calcul des probabilités, c'est-à-dire du feu de barrage des bateaux, et pourtant nous étions tous fiers d'être des avions torpilleurs, nous aurions tous aimé être aussi dans la vie des avions torpilleurs, mais nous étions trop jeunes et candides, nous avions tous vingt ans, une belle équipe, croyez-moi, unie par la peur et les soucis, une belle équipe vraiment, le commandant avait vingt-six ans, un héros, quand on pensa qu'il était mort, nous avons pris son nom, nous étions le groupe Buscaglia, le plus surprenant cirque aéro-aquatique jamais vu dans la guerre de la Méditerranée.

Le vieux monsieur s'arrêta un instant, il me fixa en inclinant légèrement la tête, puis sourit gentiment ; je suis en train de vous assommer avec mes histoires dit-il, pardonnez-moi, je ne voudrais pas que vous me preniez pour un de ces vieillards à la mémoire incontinente. Je lui répondis que non, au contraire, j'étais curieux et je l'écoutais volontiers. La peur, voilà, reprit-il alors, je dois vous parler tout de suite de la peur parce que si je vous parle de la peur vous pourrez sentir mon récit plus proche de vous ; la peur ne vous saisissait pas dans l'action, là il était question d'une terreur physique immédiate, qui se changeait immédiatement en catastrophe ou en chance, la rapidité de ce qu'il fallait faire vous mettait dans une sorte de transe, il s'agissait de danser on devait s'abandonner à un rythme instinctif, se concentrer sur le rythme et ne penser à rien d'autre, puisque si un coup de canon frappait en plein on était mort avant même de s'en rendre compte, on devait s'abandonner à l'instinct, au pur rythme des trajectoires que le destin seul croise, coïncider avec ce destin, et danser. Graziani, par exemple, Giulio Cesare Graziani le connaissez-vous ? non, peu importe, il est lui aussi encore vivant comme moi, en attaquant un convoi devant Tobrouk, au moment de lâcher la torpille, une main sur le manche l'autre sur le levier, il remarqua des taches sur le pare-brise et sentit quelque chose d'humide dans son cou, mais il était trop pris par l'impression qu'après le lâchage il n'y avait pas eu le soubresaut habituel indiquant l'allégement de dix quintaux de torpille, trop pris par les virages les dérapages et les cabrages qu'il fallait faire en fuyant, et c'est seulement lorsqu'il eut dépassé la ligne de feu des bateaux qu'il porta une main à son cou et la retira avec horreur, dans la paume de sa main il y avait une moitié de cerveau humain, c'était le cerveau du photographe dans le fuselage arraché par une grenade, terrorisé il se tourna vers son officier pilote, il le trouva plié sur le côté la chemise pleine de sang, derrière lui il entendit le mécanicien qui gémissait, dans la cabine de pilotage arriva le mitrailleur lui aussi blessé annonçant que le photographe était mort et que la torpille n'était pas partie. Tout cela en un instant, un instant de complexité extrême comme on dirait aujourd'hui. Il fit son voyage de retour avec l'équipage de morts et d'hommes inanimés, avant que l'obscurité ne descende il put se rendre compte que sur le pare-brise en plus des taches de matière cérébrale il y avait des trous de projectile, l'un correspondait à sa position habituelle aux commandes, au passage du coup il était légèrement incliné sur le levier de lancement de la torpille, le projectile lui avait arraché l'épaulette de sa combinaison de vol, et avait ensuite tranché deux doigts au mécanicien à l'arrière. Quand il atterrit à Gadurrà il faisait nuit. De l'extérieur on ouvrit la portière, on débarqua le mort et les blessés, lui, on le trouva assis aux commandes avec les mains sur le manche, il pleurait, on dut le prendre à bras-le-corps et l'emporter à terre.

Vous voyez, la peur n'était pas dans l'action, elle était avant et après, quand nous restions prêts sous l'aile de l'avion en attendant que quelqu'un arrivât en courant avec une feuille à la main, ou à la veille d'une mission, quand nous étudions les routes et que nous cherchions à deviner sur les cartes ce à quoi il fallait s'attendre ; lutter avec la peur c'était repousser la pensée que chaque geste quotidien pût être le dernier, dernier rasage, dernier nœud de cravate, dernier café, dernière lettre, dernière nuit dans un lit. Buscaglia avouait souvent avoir peur et être préoccupé par le risque, il luttait contre ces sentiments comme nous tous, et pourtant il était le commandant. Il y en avait qui n'avaient pas le sentiment du risque, et cela les soustrayait à cet épuisement de l'esprit et du corps que produit la conscience du danger chez les personnes normales ; mais je pense certaines fois que les meilleurs sont justement ceux qui ont l'air soucieux, qui sont soucieux et taciturnes, même si ce n'est pas une règle. Buscaglia en tout cas était ainsi.

Nous partions de l'île de Pantelleria ou de Decimomannu en Sardaigne, de Gerbini au pied de l'Etna, mais surtout de Rhodes, dans la mer Égée ; là, la Regia Aeronautica avait équipé une piste avec des baraques, Gadurrà, le terrain de décollage descendait vers la mer jusqu'au rivage, difficile de faire décoller l'avion chargé en montée dans le sens opposé quand le vent soufflait des collines. Entre deux missions, si j'avais le temps, j'allais m'asseoir au milieu des ruines du temple de Lindos, certains soirs la mer et les hauteurs et les oliviers et les colonnes doriques apparaissaient comme un paysage si maternel et pacifié que j'avais du mal à croire que nous étions en guerre. La guerre, du côté de chez moi à Trente, c'était une idée de gris, de pluie, d'hiver, de gel, mais comment pouvait-on éprouver de la douleur ou mourir dans un paysage comme celui-là ?

Nous décollions de Gadurrà avec pour objectif des transports de guerre et des cargos ; l'action commençait bien avant, quand nos agents secrets en poste à Algésiras ou à Tanger signalaient à Rome les navires qui entraient dans la Méditerranée en traversant Gibraltar. Je vous ai dit qu'il s'agissait d'un travail de hautes mathématiques instinctives, il vaudrait sans doute mieux dire de mathématiques intérieures, réalisé avec un avion de dix tonnes et six personnes à bord volant au ras des vagues et au milieu des bateaux, sous le feu de barrage et les grenades : la torpille devait être lâchée à soixante mètres au-dessus de l'eau, à une vitesse de trois cents kilomètres à l'heure, en guidant l'avion en vol parfaitement horizontal ; sur la queue de la torpille il y avait un petit empennage qui l'aidait à planer, dans l'impact avec l'eau l'empennage se détachait et la torpille se transformait de torpille aérienne en torpille marine, et cela commençait à nous apparenter aux sous-marins. Il s'agissait de placer en courant sur la surface de la mer un objet impossible à contrôler ensuite, tout dépendait du lâchage, après c'était comme de prétendre faire bouger ses oreilles ; l'altitude et la vitesse ainsi que l'empennage servaient à maintenir l'angle d'impact de la torpille et à éviter qu'elle s'écrasât dans les vagues ou qu'elle glissât ou qu'elle rebondît sur l'eau comme un caillou lancé par un enfant depuis le rivage. La torpille dans sa trajectoire aérienne gardait la vitesse de l'avion dont elle s'était séparée, trois cents à l'heure, mais quand elle amerrissait sa vitesse sous-marine descendait à soixante-dix. C'est pourquoi il fallait la lâcher le plus près possible du bateau ; le plus près, comme je vous dis, mais pas trop, parce que la torpille après s'être immergée parcourait une sinusoïde avant de se stabiliser, et que dans un creux de la sinusoïde elle aurait pu passer en dessous de la quille du bateau, en décrivant une ellipse, et s'échapper de l'autre côté. Donc suivez-moi, comme à l'école ou comme pour un tour de valse : en considérant qu'à partir de soixante-dix mètres de hauteur la trajectoire aérienne de la torpille est d'environ trois cents mètres, en considérant qu'une fois entrée dans l'eau la torpille utilise encore deux cents mètres avant de se stabiliser à une profondeur déterminée à terre et qui varie de deux à huit mètres selon le bateau que l'on veut torpiller, il en résulte que la distance minimale d'où la torpille doit être lâchée est de cinq cents mètres. D'autre part, si on lâchait la torpille de plus loin, de mille mètres mettons, le temps qu'elle emploierait pour rejoindre même le plus lent des bateaux permettrait à celui-ci de manœuvrer et de se mettre hors d'atteinte. Un plouf dans l'eau sous un avion qui s'approche dans une course folle : c'est cela qu'ils apercevaient depuis le bateau, à partir de ce moment-là c'était à eux de faire des pas de danse, pour nous c'était impressionnant de voir un cuirassé au-delà du pare-brise, puisque nous volions à la même hauteur que le bordage, le voir évoluer en pleine vitesse et soulever avec sa proue des cascades d'eau, en lutte contre le temps que la torpille employait pour le toucher. Cette virée de bord angoissée en dérivant était la seule possibilité de salut pour le bateau, si l'angle d'impact de la torpille était trop fuyant ou trop tangent, au moment du choc le détonateur n'explosait pas, toute cette affaire, mathématiques intérieures et danse au milieu des coups de canons, se terminait en un simple heurt entre deux morceaux de fer, une contusion, une bosse, vous imaginez, tout cet effort de précision et ce risque mortel pour un tamponnement, une petite et inoffensive collision en mer entre un bateau et un bout de métal quelconque qui glisse le long de ses œuvres vives et va se perdre ensuite qui sait où.

Si on la lâchait de cinq cents mètres il fallait vingt secondes pour que la torpille frappe le flanc, même le plus rapide des bateaux ne pouvait échapper à l'arme si le pilote avait bien calculé le déplacement de la cible et l'angle de visée, l'angle

Bêta. Car au cœur des mathématiques intérieures il y avait l'angle Bêta, angle formé par la direction du bateau en mouvement avec la ligne droite unissant la position du bateau et de l'avion au moment du largage ; un angle qui est comme une hypothèque, ou une chanson, largage visant là où tu n'es pas mais où tu seras, dans vingt secondes, si j'ai bien compté. Comme vous pouvez l'imaginer, les hypothèques ne sont pas recouvrées à chaque fois. Si la torpille avait vingt secondes pour atteindre le bateau, nous, après l'avoir larguée, nous, avion et équipage, nous en avions à peine quatre ou cinq : la fuite, c'était la phase la plus critique, mais il n'y avait pas de quoi fuir, nous aboutissions parfois si près du bateau qu'on n'avait ni le temps ni l'espace pour virer, il ne nous restait qu'à passer au-dessus de lui, si bas qu'on effleurait les antennes et les tourelles, en dérapant, en cabrant, en glissant sur l'aile, en tirant l'avion dans des grimpées rapides et des vols sur le dos dans le ciel, des numéros d'acrobatie non prévus pour un torpilleur trimoteur mais très utiles pour tromper les pointeurs de la défense antiaérienne que nous pouvions apercevoir au passage lorsque, affolés, ils faisaient virevolter leurs canons de petit calibre et leurs mitrailleuses.

Il était difficile de sortir du convoi, mais avec le temps il devint tout aussi difficile d'y entrer. Au début, au cours des premiers torpillages, les Anglais nous tiraient dessus en braquant leurs armes sur chaque avion, un par un, puis ce fut le tour du grand barrage*, ce n'était pas une figure de danse mais une muraille de feu, en nous voyant arriver ils tournaient vers nous toute l'artillerie et dressaient dans le ciel un mur de grenades avec les canons d'interdiction, peaufinée au ras de l'eau par des rafales de mitrailleuse à quatre et à huit canons qui ratissaient la mer au peigne fin. Ce mur de fer et de feu, mur qui était pour nous celui du calcul des probabilités, nous devions le traverser avec un vol parfaitement égal, nous étions obligés d'avoir une assiette horizontale et une altitude stable pour déposer la torpille en mer. Quand on entrait dans ce ciel de petits nuages noirs, l'avion ouvrait pour son compte le bal sur la vague balistique des explosions, les yeux commençaient à larmoyer à cause de la fumée des grenades, non seulement à cause de la fumée à vrai dire, la salive se desséchait dans la bouche, on se glissait dans un couloir entre un contre-torpilleur et un croiseur volant plus bas que les bordages, si bas que les colonnes d'eau soulevées par les projectiles retombaient sur les ailes et le pare-brise, jusqu'à ce que, après le largage et la fuite, on donnât un grand coup de pied sur le palonnier et puis on cambrait l'avion dans le ciel, avec l'équipage qui s'accrochait de son mieux aux montants.

Dans tout ce remue-ménage meurtrier, personne ne savait dire avec certitude, à moins d'une explosion évidente, si la torpille avait oui ou non frappé ; c'est pourquoi il y avait le photographe, tandis que toi avec l'officier tu t'occupais en larmoyant des danses et des mathématiques, le photographe que le mitrailleur tenait par les pieds sortait au-dessus de la bosse de la tourelle pour déclencher le Leica et le téléobjectif, prendre une photo après l'autre, des instantanés qui ne servaient pas seulement à procurer une médaille, puisque les Anglais n'admettaient pas toujours que leurs bateaux aient été coulés ou endommagés ; Buscaglia les voulait pour étudier le déroulement de l'action, la nôtre, la leur. Dès que nous atterrissions sur le terrain les photographes se précipitaient dans les chambres noires et en ressortaient une demi-heure plus tard avec les photos encore humides qui arrivaient sur la table du commandant ; de belles photos, rien à dire, des reportages involontaires et extraordinaires, pour nous des photos souvenirs ineffaçables, en revoyant le scénario à chaud on ne croyait pas qu'il eût été possible de s'être trouvé au milieu de tout ça, d'en être sorti vivant. A partir des photos on évaluait si la colonne d'eau sur le flanc d'un bateau était l'effet du marasme ou s'il s'agissait de l'explosion de la torpille, et avec quels dommages ; mais on percevait aussi nos dégâts à partir des photos, on pouvait trouver un *Soixante-dix-neuf* en flammes cadré au moment où il plongeait en mer, et deviner, en analysant le genre de jets soulevés, s'il y avait quelque espoir pour ceux à bord de s'en sortir ou pas. Les amerrissages étaient fréquents, ça aussi nous apparentait avec les sous-marins, mais cela dépendait de la façon dont on entrait dans l'eau avec l'avion, si on était en train de brûler, si on pouvait encore gouverner : on sortait les volets, on réduisait les gaz, à la dernière minute on bloquait les palonniers et on tendait le bras droit sur le tableau de bord, avec le bras gauche on tirait par à-coups sur le manche en cabrant l'avion qui était englouti par la vague et recraché quelques secondes plus tard, si tout allait bien après un contrecoup terrible on voyait l'eau écumer et s'écouler par le pare-brise, et le *Soixante-dix-neuf* s'arrêtait en flottant. Alors nous mettions à l'eau le canot, si on avait le temps on amenait tout ce qui était utile et on détruisait les codes chiffrés qui étaient reliés en plomb pour qu'ils soient engloutis plus rapidement et irrécupérables.

Vous savez, moi, j'ai fini en mer plusieurs fois, la première par bêtise, en rentrant d'un vol d'entraînement dans la rade de Pola, pour saluer des amis sur la plage de Sistiana j'ai volé tellement bas sur l'eau que les hélices des moteurs latéraux ont touché les vagues, il y a eu un grondement terrible de cloches et les pointes des pales se sont recourbées vers l'extérieur ; je suis parvenu à prendre de la hauteur mais l'avion qui était maintenu en l'air uniquement par le moteur central a perdu de l'altitude rapidement ; l'équipage s'est précipité dans la cabine avec un air très réprobateur, puis tandis que je suais sang et eau cela se mua en curiosité pour voir comment je m'en tirerais, et enfin en satisfaction grâce à un amerrissage réussi sans que jamais personne ne m'eût expliqué ce qu'il arrive à un avion terrestre quand il tombe à l'eau. La deuxième fois j'ai amerri dans les eaux de Pantelleria après avoir coulé mon contre-torpilleur, excusez-moi si je dis le mien, en réalité il appartenait à un commandant anglais que j'ai connu à Londres plusieurs années plus tard, un type sympathique, très drôle ; nous avions déjà été touchés avant de lâcher la torpille, en passant au-dessus du bateau nous avons été ensuite criblés de balles, j'ai senti l'avion nous manquer sous les pieds. Une fois en mer, alors que l'équipage s'embarquait sur le canot je me suis mis sur une aile et j'ai commencé à travailler sur un aileron avec un marteau pour en tirer un gouvernail nautique, pendant que le second démontait la boussole du tableau de bord, elle pouvait toujours être utile ; nous avons été appelés par le canot et nous nous sommes retournés juste à temps pour voir le bateau qui dressait de façon obscène sa proue en l'air et coulait par la poupe. Ceci avait lieu dans la bataille de la Mi-Juin, juin quarante-deux je veux dire. La troisième fois, eh bien, la troisième fois éventuellement je vous la raconterai plus tard.

Si on repense au risque, l'étape successive pour les avions torpilleurs ça ne pouvait être que le kamikaze, et c'est quelque chose de ce genre qui a dû traverser l'esprit de l'état-major lorsque pendant la bataille de la Mi-Août, après que le porte-avions *Furious* à la hauteur du méridien d'Alger eût lancé une quarantaine de *Spitfire* destinés à la défense de Malte, de l'aéroport de Villacidro un *Soixante-dix-neuf* a décollé sans personne à l'intérieur, guidé par radio à bord d'un *Cant Z* qui le suivait ; le *Soixante-dix-neuf,* bourré d'explosifs, devait frapper un des bateaux les plus gros du convoi, tout marcha bien jusqu'à ce qu'il soit en vue de la formation anglaise dans les parages de l'île de La Galite, là un condensateur du radioguidage fabriqué avec les pauvres moyens de toujours surchauffa, le *Soixante-dix-neuf* insensible aux impulsions survola le convoi et poursuivit tout droit sur l'Algérie où il s'écrasa. Pour les secouristes ce fut un grand mystère de ne pas trouver trace d'hommes au milieu des restes de l'avion. Mi-Juin, Mi-Août, drôles de noms pour des batailles, noms temporels et pas de lieux, ce furent de toute façon les deux grandes dernières batailles aéronautiques de la Méditerranée, elles avaient toutes les deux été faites pour empêcher les Anglais d'approvisionner Malte. Mais Malte était désormais perdue pour nous, et les problèmes étaient bien plus importants : en volant au-delà de chaque ligne de front, nous eûmes le triste privilège de nous apercevoir avant les autres que la guerre était perdue, il suffisait de voir l'impressionnant volume des convois qui entraient en Méditerranée et s'entassaient dans les ports et que nous chassions, nous l'avons mieux compris plus tard, en attaquant les bateaux dans la rade d'Alger ou à Gibraltar, actions de guerre, certes, mais aussi actions de propagande, petites entreprises pour alimenter les bulletins d'information et garder haut le moral et peut-être pour donner l'illusion à un chasseur alpin en Albanie que le *mare nostrum* était encore notre propriété ; nous risquions notre peau et nous avions peur, trois ou quatre missions, pas plus, vous vous rappelez? Nous revenions de chaque mission avec des idées de plus en plus claires, que ça allait mal finir, et cette certitude, croyez-moi, rendait tout encore plus douloureux et sans espoir. Et puis à Comiso on a capturé

un bombardier ennemi, l'équipage était anglais mais l'avion
américain, les pilotes avaient confondu l'aéroport de Comiso
avec celui de Malte, ça ne vous est jamais arrivé ? Ils atterrirent
tranquillement, le lieutenant de service comprit l'erreur et
ordonna de ne pas tirer, il fit aligner au contraire les hommes
de garde pour souhaiter la bienvenue à l'équipage qui descendit en souriant et se retrouva aux mains des ennemis. Voyez-
vous, la guerre est parfois comique aussi, mais il n'y avait pas
beaucoup d'occasions de rire, le bombardier était la septième
merveille, armé de pied en cap et les parties vitales étaient soli-
dement cuirassées sur une grande épaisseur. C'était le mois
d'octobre quarante-deux, la guerre était déjà perdue alors,
croyez-moi, les Américains ont débarqué le mois suivant en
Algérie, ils ont débarqué à une heure du matin le 8 novembre,
je m'en souviens bien parce que Buscaglia nous a rassemblés
en début d'après-midi, il a parlé calmement, il a dit ces événements ne doivent pas nous troubler, nous sommes en guerre
et vous savez quel est notre devoir, nous décollerons dans une
heure en direction de la rade d'Alger. Nous ne pouvions pas
attaquer avec la lumière du jour parce que les *Spitfire* des
porte-avions nous auraient massacrés, nous attaquerions avec
la lumière frisante, comme les gens de cinéma appellent la
lumière quand le soleil s'est couché mais que le ciel a encore
une certaine réverbération, la même lumière qu'il y a là maintenant que vous et moi nous sommes en train de parler, sauf
qu'alors l'automne était bien avancé ; nous devions arriver
dans le port d'Alger exactement avec cette dernière clarté pour
ne pas être visibles pour les chasseurs et les bateaux et en distinguer au contraire le profil, une condition de demi-obscurité
qui dure, un après-midi d'automne, de cinq à six minutes, un bel
essai de navigation à l'estime, de mathématiques intérieures si

vous voulez, mille kilomètres à parcourir avec douze avions en formation et une marge d'erreur à l'arrivée de quelques centaines de secondes. Nous avons décollé de Castelvetrano, en Sicile, où en attendant nous nous étions transférés, un endroit excellent pour l'huile et avec un vin excellent ; en Méditerranée nous avons rencontré des ondées, des colonnes rugissantes de pluie entre la mer et le ciel bas de nuages, nous les avons contournées avec des accostages continuels, à chaque accostage Buscaglia devait recalculer le temps perdu et les angles de cap pour reprendre la route et la dérive du vent, un vraiment bel exercice de navigation à l'estime. Dans l'obscurité enfin nous avons deviné le profil de l'Atlas Tellien, et vers l'ouest les silhouettes noires de grands bateaux de guerre, mais nous étions en retard, c'était trop tard, le soleil s'était déjà couché et ça, c'était très bien, mais la faible lueur d'après le couchant s'évanouissait elle aussi à chaque seconde, il était six heures et cinq minutes d'un après-midi de novembre, dans le casque la voix de Buscaglia a ordonné sans la moindre émotion on rebrousse chemin, on rentre en Sicile. Deux jours plus tard Buscaglia est parti à l'attaque dans la baie de Bougie, à l'est d'Alger, et il n'a voulu avec lui que trois autres avions commandés par Graziani, Faggioni et Angelucci, qui était nouveau dans l'escadrille, et je suis resté à la base, un peu désappointé. Au lieu d'arriver par la mer, Buscaglia a décidé d'arriver sur le port de Bougie par voie de terre, et c'est pourquoi à la hauteur de l'île de La Galite ils ont quitté la Méditerranée et sont entrés en Tunisie, ils ont volé très bas vers l'ouest, virant enfin et se dirigeant cap au nord pour passer les montagnes et plonger en piqué sur la rade de Bougie ; l'effet de surprise n'a pas réussi parfaitement parce qu'un bimoteur allemand qui volait haut dans le ciel les voyant déboucher de ce côté les prit pour des

Anglais ou des Américains et fondit sur eux, c'est alors que le feu s'ouvrit de tous les côtés, on tirait des bateaux et des postes antiaériens de terre, les *Spitfire* décollèrent des porte-avions, Buscaglia et les autres se serrèrent en patrouille pour mieux se défendre des chasseurs, la baie fut pour eux un spectacle terrifiant, on n'avait jamais vu tant de bateaux de guerre et tant d'armement et un volume de feu aussi conséquent, ils plongèrent à l'habituelle déchirante hauteur de soixante-dix mètres environ au milieu d'un feu d'artifices de coups, encaissèrent en continuant tout droit, Angelucci et son équipage sont morts à ce moment-là, parmi les petits nuages des grenades on a vu l'avion prendre feu, se détacher et s'écraser sur les collines, les dépouilles sont retournées en Italie il y a juste quelques années. Les trois autres ont lâché leurs torpilles contre les cargos accostés aux quais, c'était la seule proie utile, puisque les bateaux de guerre pouvaient être rapidement remplacés, alors que les ravitaillements étaient encore précieux ; sauf qu'en se dirigeant contre les môles ils se retrouvèrent au-dessus des maisons et à l'intérieur de la cuvette montagneuse de Bougie, ils cabrèrent les avions et virèrent sec en effleurant les roches, Faggioni au terme de sa montée se laissa choir en faisant un demi-tonneau et en filant sous ses compagnons, Buscaglia fit de même et la patrouille inversa ainsi sa route et la formation redescendit à pic des sommets, quel numéro de cirque ! quel pas de danse avec ces grosses bêtes, en plein feu ennemi, pur instinct porté par le rythme, et d'ailleurs c'étaient les trois plus brillants, les torpilleurs les plus habiles ; ils ont retraversé le port, la seule route pour fuir, et ils ont reçu d'autres coups de la défense antiaérienne puis à peine sortis ils ont été pris en chasse par les *Spitfire* qui les ont criblés de ferraille, ils se sont fermés à nouveau en patrouille très serrée, aile dans l'aile, au ras de l'eau pour protéger le ventre qui était la partie la plus délicate du *Soixante-dix-neuf,* et de telle sorte que les mitrailleurs qui tiraient depuis les tourelles contre les chasseurs qui les poursuivaient n'eussent pas de points morts dans leurs tirs. Le *Soixante-dix-neuf* était exceptionnellement sensible aux commandes, si on l'avait bien en main on arrivait à voler en patrouille en insérant son aile entre la queue et l'aile de l'autre, voler encastrés ainsi avec un avion si encombrant faisait une certaine impression les premières fois, puis avec le temps on trouvait le courage, il fallait une synchronisation excellente des moteurs et une grande confiance dans le chef de patrouille, et une mesure précise des manœuvres avec le pied et avec la manette pour rester proche sans mordre ni se faire mordre la pointe de l'aile avec l'hélice extérieure. L'effet, pour ceux qui nous poursuivaient, était un front de feu serré venant des mitrailleuses dorsales, qui étaient limitées dans leur pointage pour ne pas atteindre le gouvernail et les plans de queue de l'avion, zone d'ombre dans laquelle les chasseurs avaient appris à s'abriter en nous criblant de balles. Je vous parle de tout cela parce que tout à l'heure, vous allez voir, ce sera important, et puis parce que ce fut en volant ainsi et en tirant de la sorte que nos trois héros sortirent de la baie de Bougie, de ce feu qu'on n'avait jamais vu encore, en laissant quelques *Spitfire* tourbillonnant en vrille dans leur sillage ou touchés ou de toute façon ayant fini en fumée au milieu des poissons.

Quand ils rentrèrent à Castelvetrano j'étais là à les attendre avec les mécaniciens et tous les autres au parking, Faggioni se montra sur l'escalier le visage pâle et tendu, et se dirigea vers Buscaglia qui contrôlait les dommages de son avion, il lui cria que ça avait été une folie d'attaquer une place forte pareille en plein jour, on allait ainsi tout simplement à la mort, dit-il, et à une mort inutile. Ce fut un geste surprenant de la part de Faggioni, un pilote extraordinaire et très discipliné, et trop responsable et psychologue pour ne pas savoir que des questions de ce genre ne doivent pas être traitées devant d'autres officiers, sous-officiers et aviateurs ; mais Buscaglia aussi l'était et c'est justement pour cela qu'il s'en alla sans rien lui répondre. Graziani prit à part Faggioni pour que celui-ci épanchât avec lui sa colère, c'étaient d'ailleurs les trois officiers les plus anciens, les plus responsables dans le commandement, et le commandement, vous pouvez l'imaginer, inclut aussi le fait de connaître le fonctionnement des hommes et de s'occuper de leurs sentiments. Buscaglia convoqua Graziani dans son bureau, qu'est-ce que tu en dis ? Je dis que Faggioni a en partie raison répondit l'autre, c'est une folie que d'avoir à franchir toute l'enceinte de bateaux de guerre pour arriver aux cargos au cœur des habitations, nous sommes sortis vivants de Bougie trois équipages sur quatre par chance pure, seulement parce que les Américains sont encore inexpérimentés et pratiquent le tir de chasse au lieu du tir de barrage comme les Anglais. Voyez-vous, dit le vieux monsieur en revenant à la narration indirecte de ce à quoi il n'avait pas assisté personnellement, Graziani essayait de jouer le rôle de médiateur, il existait un certain mécontentement parmi le personnel, on murmurait que Buscaglia prenait trop de risques dans les missions à la recherche d'éloges et sans tenir trop compte des pertes ou du sacrifice des hommes, ce qui n'était pas vrai et que Graziani minimisa ; tu sais bien, dit-il, que dans la phase de fuite avec les *Spitfire* nous nous en sommes tirés uniquement en raison du grand entraînement que nous avons tous les trois en volant collés les uns aux autres, mais les officiers pensent qu'il y aurait plus d'avantages à effectuer les torpillages dans l'obscurité imminente du couchant de façon à être invisibles pour les chasseurs, et moi je suis assez d'accord avec eux. Moi non, répondit Buscaglia, on se défend mieux des chasseurs à la lumière du jour avec les mitrailleuses dorsales en volant serrés comme nous l'avons fait aujourd'hui, et d'autre part le jour il est aussi plus facile d'amerrir si l'on est touché. Le vieux monsieur revint à nous deux, je ne voudrais pas que vous jugiez cette querelle sur la lumière du jour et de la nuit comme quelque chose de théorique ou d'académique, il n'y avait là rien d'académique, aucune théorie qui ne se muât immédiatement en un résultat concret, positif ou fatal. Graziani en tout cas sortit du bureau de Buscaglia sans que l'on fût parvenu à une conclusion ou à un choix en matière de luminosité.

Le soir nous dînâmes dans un silence glacial, soit à cause de la tension de ce jour-là et des commentaires, soit à cause de la mort d'Angelucci et de son équipage, Angelucci avait une belle voix, il chantait très bien, je fus chargé de rassembler sa guitare et un uniforme Schöller bleu tout neuf avec lequel il espérait peut-être faire sensation, son porte-cigarettes en argent et un petit tas de lettres, et d'adresser le tout à sa famille. Nous allâmes nous coucher tôt, dans la grande chambrée du palais Pignatelli de Castelvetrano. Buscaglia s'était fait emmener une batterie de voiture et une lampe. Quand il s'aperçut que je n'arrivais pas à m'endormir il me demanda si j'avais peur, je lui répondis que oui. Moi aussi j'ai peur, dit-il ; allumez la lampe et passez-moi la carte. Il indiqua du doigt la route, nous traverserons la Tunisie et l'Algérie, qu'en pensez-vous ? Bonne idée, répondis-je. Pendant la nuit il m'appela plusieurs fois encore pour contrôler à nouveau le parcours, d'ailleurs j'étais son aide de camp. Le lendemain nous étions à l'aéroport déjà à l'aube, prêts à partir, attendant un ordre du commandement supérieur.

Buscaglia arriva au parking des avions en conduisant son auto-
mobile, il fit monter Graziani, nous les vîmes descendre au
bout du terrain et marcher le long d'une route de campagne à
la limite de l'aéroport. Là ils recommencèrent leur controverse
sur les lumières de midi et du crépuscule qu'ils avaient inter-
rompue le soir précédent, Buscaglia avec de nouveaux argu-
ments en faveur de la lumière, le niveau d'entraînement de
quelques officiers, dit-il, ne donne pas suffisamment de garan-
ties pour rentrer en vol de nuit, surtout par mauvais temps ou
avec des avions endommagés, mieux vaut donc torpiller en
début d'après-midi. Graziani renversa le même argument à son
avantage, si le niveau d'entraînement de certains était mauvais,
comment auraient-ils su voler en patrouille serrée, aile dans
l'aile, en se défendant ainsi contre les *Spitfire?* Voilà donc,
conclut-il, qui fait tomber le présupposé principal qui t'amène
à préférer le jour au soir. Le vieux monsieur s'interrompit dans
son récit, certes je sais que cela peut vous sembler un dialogue
philosophique sur la lumière et les ténèbres en un matin de
mille neuf cent quarante-deux sur un aéroport militaire dans
la province de Trapani, sans doute influencé par l'antique
tradition de sagesse du lieu ; mais je voudrais plutôt que vous
imaginiez deux jeunes hommes obligés de parler de questions
techniques et de tactiques en retenant comme dans un halo
autour d'elles leurs sentiments et leurs pensées les plus profondes. Leur discours était si peu philosophique qu'il glissa
tout doucement vers le développement général de la guerre,
Graziani se tut, devinant chez l'autre le besoin de vider sa tension, et l'autre le fit avec un monologue, la guerre se dirigeait
vers sa conclusion prévisible, les forces ennemies étaient large-
ment supérieures, nous sommes repoussés sur le territoire
métropolitain, dit-il ; on demandera à notre groupe un engage-

ment très dur dans la guerre, beaucoup d'entre nous tomberont, ceux qui auront le plus de chance finiront prisonniers, les quelques survivants ou rescapés devront reconstituer le détachement. Graziani qui avait de l'affection pour Buscaglia mais qui ne manquait pas une réplique, pensa opposer, face à cette prévision catastrophique, au moins une alternative pour l'immédiat ; il commença en soutenant en termes généraux l'opportunité d'agir pour infliger à l'ennemi les pertes les plus sévères en en subissant le minimum ; il poursuivit en indiquant que des équipages comme le nôtre finissaient par s'épuiser étant donné l'impossibilité d'en former de nouveaux en peu de temps et donc, Carlo Emanuele, conclut-il, pourquoi n'attaquons-nous pas à la tombée du jour qui est pour nous la condition la plus avantageuse ? Buscaglia, surpris par ce retour imprévu au sujet de la discussion, abandonna le ton attristé pour reprendre le style de l'argumentation, mais il fut interrompu par un motocycliste qui arriva du fond du camp avec l'annonce d'un coup de téléphone pour lui ; et par téléphone, peu après dans son bureau, il reçut l'ordre directement du chef d'état-major, et l'ordre était simple : répéter l'action du jour précédent à Bougie.

Nous avons décollé à onze heures du matin, six avions et six équipages, Buscaglia en tête ; au moment d'accélérer il salua Graziani de la fenêtre, qui restait là avec Faggioni puisqu'ils avaient participé tous les deux à la mission précédente. Nous nous sommes dirigés vers la pleine mer, puis, en vue de l'île de La Galite, nous sommes entrés en Afrique en rase-mottes, nous avons survolé la Tunisie et nous avons avancé en Algérie en nous tenant en deçà des montagnes qui servent de remparts à la côte, jusqu'à ce que nous virions vers le nord et nous nous engagions dans une vallée adossée à l'Atlas Tellien. Je vous ai déjà décrit cette route, mais moi je la parcourais pour la première fois ; la vallée commença à monter et par conséquent nous aussi, les flancs montagneux se resserrèrent et se terminèrent dans un plafond* de nuages ; nous étions contraints de monter par les parois de la montagne comme l'eau d'un fleuve dans un bief, jusqu'à ce que, écrasés entre le toit des nuages et le lit de la vallée, nous déferlions en fonçant des nuages comme une cascade sur la mer et sur la rade de Bougie. Les Anglais ne parvinrent certainement pas à comprendre d'où nous avions pu arriver et pour quelle raison personne ne nous avait vus plus tôt. Buscaglia ordonna dans le casque la formation d'attaque, nous nous lançons vers le bas derrière lui, mon *Soixante-dix-neuf* parvint à des vitesses qu'il n'avait jamais atteintes, il vibrait tout entier, les commandes et la structure, un piqué fou dans un fracas de métal et de toile, mais ce n'était pas seulement les coups de fouet de la toile sur les nervures, au-dessus de nous crépitaient les vingt millimètres des *Spitfire* et en dessous les canons des batteries navales qui firent un grand barrage* violent et puissant, un jour leur avait suffi pour apprendre. Les chasseurs s'acharnèrent aussitôt contre Buscaglia, devinant la grosse proie et nous négligeant nous les équipiers, son appareil s'incendia aux premières rafales, il poursuivit intrépide, j'ai encore dans les yeux cet avion qui file tout droit avec un sillage de fumée qui grossit ; et moi j'étais derrière lui, j'essayai de m'approcher pour le protéger et marcher en patrouille aile dans l'aile mais je ne parvenais pas à le rejoindre, j'étais déjà pleins gaz et je baissai le nez gagnant ainsi quelques mètres encore, mais en perte d'altitude ; j'étais sorti de la file et en dessous de lui, mon mitrailleur tirait sans arrêt mais les *Spitfire* bourdonnaient frénétiques sur l'autre côté, ils se glissèrent entre nous, se plaçant dans l'ombre de l'avion de Buscaglia. Ils nous lâchèrent seulement quand nous fûmes dans le tir des batteries navales, j'espérais que l'équipage de Buscaglia parviendrait à maîtriser l'incendie à bord, mais alors que nous passions au-dessus d'un contre-torpilleur l'avion a encaissé d'autres coups et le sillage de fumée a grossi. Buscaglia a dépassé le mur des bateaux de guerre, avec son avion en flammes il a piqué vers un gros vapeur au mouillage et a lâché sa torpille. Il était déjà bas sur l'eau, il est descendu en vol plané pour amerrir dans le golfe ; quand il a touché l'eau il a explosé et l'essence en flammes s'est mêlée à la mer.

Le vieux monsieur poussa un soupir inattendu, prolongé en un silence triste, en un regard fuyant ; nous sommes rentrés à Castelvetrano, dit-il, en début d'après-midi, nous sommes arrivés par petits groupes, Graziani qui nous attendait avec les mécaniciens compta cinq avions dans le ciel et comprit aussitôt quel était le sixième qui manquait. Pendant que nous atterrissions Faggioni rentrait de Catane avec son avion et se mit derrière nous ; à terre, passant près de nos avions criblés de trous son photographe et le mitrailleur de la tourelle demandèrent par gestes aux mécaniciens s'il manquait quelqu'un, les autres indiquèrent avec l'index écarté et le médius et l'annulaire joints le grade de commandant. Le photographe descendit dans la cabine pour donner la nouvelle à Faggioni, celui-ci tira les freins, posa la tête sur le volant et pleura.

Buscaglia était mort. Un as direz-vous, un héros, oui il l'était certainement, malgré les règles, parce que notre époque ne prévoyait pas d'as, le terme appartenait à la Première Guerre mondiale, une définition générale qui indiquait d'exceptionnelles capacités techniques et morales disciplinées ensuite avec des règles précises pour en éviter l'abus, jusqu'à l'établissement d'une liste officielle des as de la Première Guerre mondiale, qualification qui fut attribuée surtout aux chasseurs. Mais nous ne nous battions pas contre des avions, nous combattions des bateaux, et puis avec les années le concept de pilote de guerre avait changé, avait perdu tout caractère individualiste et duelliste, nous avions été entraînés pour l'équipage et le groupe, c'était là notre mesure mentale, notre mesure je dirais sentimentale. Un esprit anti-star maintenu par de rigides dispositions du commandement suprême, dans les missions nous nous relayions constamment pour éviter l'accumulation de mérites, dans les chroniques de guerre, même les plus éclatantes, les protagonistes étaient indiqués avec les initiales de leur nom après leur grade, en évitant soigneusement tout personnalisme. Et cependant, nous les avions torpilleurs nous avons joui d'une attention particulière, ce fut quelque chose d'involontaire et de spontané, sans doute parce que nous étions si peu nombreux, selon l'emblème de l'escadrille de Buscaglia, les quatre chats en rang sur une torpille, quatre chats stupéfaits et perplexes sous la devise *Pauci sed semper immites*, ou alors parce qu'à cause de notre type de combat nous devînmes amphibies, aéro-aquatiques, des sous-mariniers émergés au-dessus du niveau de la mer, et même volants, ou peut-être, enfin, précisément parce que nous étions un groupe. Quoi qu'il en soit, le bulletin de guerre du treize novembre quarante-deux rapporta la nouvelle de la mort de notre commandant avec prénom et nom et citation pour les cent mille tonnes de navires qu'il avait expédiées dans les abysses au cours de ses missions, y compris la dernière, et à partir de ce jour-là nous devînmes le groupe Buscaglia.

Pauci, et même toujours moins, huit chefs d'équipage sur vingt étaient morts rien qu'en huit mois, et quant à *immites*, avec quel courage remettre les pieds sur un *Soixante-dix-neuf* ou sur n'importe quel autre avion après la fin de Buscaglia? Et pourtant nous recommençâmes à voler, la peur au ventre ; Graziani et Faggioni prirent le commandement l'un du groupe l'autre de l'escadrille, mais tout devint plus ardu, les défenses des Anglo-Américains étaient telles que nous dûmes exclure les actions de jour et même celles du crépuscule, les coïncidences nécessaires étaient trop nombreuses et faites de trop d'éléments tous en mouvement, nous, les convois naviguant en Méditerranée, le soleil dans l'arc très étroit du couchant. Il nous resta la nuit, l'attaque de nuit, l'obscurité nous protégea des *Spitfire* mais elle nous lia à la lune, à son cycle, nous commençâmes à penser par lunes croissantes ou décroissantes comme des Indiens Peaux-Rouges, avec la pleine lune nous pouvions reconnaître la surface de la mer, en attaquant en contre-lune nous percevions l'ombre des bateaux. Et même ainsi, souvent on n'y voyait rien, une nuit dans la baie de Philippeville à la fin d'un piqué je regardai l'altimètre, il indiquait dix mètres au-dessous du niveau de la mer, je tirai le manche de toutes mes forces et fermai les yeux, l'altimètre était réglé sur la pression de Castelvetrano, différente de celle de la côte algérienne, mais quelle était la différence en mètres, en centimètres ? de combien étais-je descendu au ras de l'eau sans rien voir ? De nuit, nous avons connu l'effet bouleversant des balles traçantes de la défense anti-aérienne, des rayons lumineux qui arrivaient droit sur le pare-brise pour ensuite disparaître de côté au dernier moment, c'était un effet d'optique nouveau et impressionnant, des coups imma-tériels que nous essayions instinctivement d'esquiver en faisant des embardées dans tous les sens, en cabrant et piquant avec violence. Nous volions toutes lumières éteintes avec la terreur de nous toucher avec les ailes, mais soudainement de terre ou en mer des projecteurs s'allumaient, la première fois ce fut comme un coup de canon de lumière aveuglante, je ne parvenais plus à voir la phosphorescence des instruments ni à comprendre de quoi il s'agissait, je perdis quelques instants le contrôle de l'avion. Le *Soixante-dix-neuf* avait des rideaux le long de la grande verrière latérale et des grandes verrières au-dessus du pare-brise, nous commençâmes à voler avec les rideaux tirés. Très vite, les *Spitfire* adoptèrent la tactique de nous attendre au-dessus de l'aéroport au retour des missions, nous arrivions épuisés dans le noir, parfois aussi avec l'avion en panne ou avec des blessés à bord, ils entrevoyaient le reflet des échappements des moteurs ou bien la fusée que nous tirions pour demander à terre l'allumage des caténaires de la piste, c'est alors qu'ils ouvraient le feu, et nous obligeaient à des poursuites terrifiantes, des courses au ras des champs et des collines dans l'obscurité la plus profonde.

Et une nuit de janvier quarante-trois ce fut mon tour, c'est mon numéro qui sortit, une nuit sans lune, d'ailleurs on ne pouvait pas partir au combat seulement à sa faveur ; nous avons décollé à huit heures du soir de Decimomannu en direction de la baie de Bône en Algérie, nous avons largué la torpille dans l'obscurité la plus parfaite contre un paquebot, aussitôt le ciel s'est éclairé au jaillissement d'une pyrotechnie de balles traçantes et de coups de mitrailleuses ; hors de la rade nous avons trouvé les chasseurs habituels qui nous attendaient, dont nous nous sommes dégagés en descendant au ras de la mer. Nous avions été pas mal touchés mais sans graves dommages, nous avons pris la direction de la Sardaigne en continuant à voler bas. Soudain, après une heure de navigation vers notre base, de l'obscurité en dessous de nous la mer éructa un geyser éblouissant de jets lumineux et de projectiles, nous étions en train de survoler un convoi sans nous en être rendu compte, si sombre était la nuit et noire la mer. Nous fûmes touchés en plusieurs endroits et alors qu'il semblait que nous étions à l'abri les trois moteurs lâchèrent tout à coup. A cette altitude il n'y avait pas de quoi rester en l'air ou réfléchir, nous avons lancé un SOS en clair, je me préparai à un énième amerrissage, le premier pourtant sans rien voir, ni l'horizon ni la ligne de la mer. Je fixai les instruments sur le tableau de bord, l'altimètre et l'anémomètre. J'attendis. Nous sommes entrés dans l'eau à deux cents à l'heure, un écrasement contre un mur visqueux, la très forte décélération nous a projetés en avant, j'ai cogné ma main et mon front contre le viseur plein de leviers et de crémaillères. Quand l'avion est remonté à la surface de l'eau mon pouce était écrasé et j'avais du sang qui ruisselait d'un œil. Je levai ma main en bon état et trouvai à l'aveuglette la trappe qui était au-dessus de mon poste de pilotage, je l'ouvris et penchai mon buste dans le vent glacial et au milieu des giclées d'eau, on aurait dit vraiment qu'on sortait d'un sous-marin dans la mer nocturne, je sautai sur l'aile et ce fut comme si j'étais immergé dans la source glacée des ténèbres. Quelqu'un mit à la mer le canot, nous nous retrouvâmes là-dedans, tous blessés, tandis que le *Soixante-dix-neuf* s'éloignait avec son nez immergé et sa queue en l'air. Nous sommes allés à la dérive transis pendant toute la nuit, les giclées d'eau salée brûlaient sur les blessures, et cela au moins nous tenait éveillés ; nous ne savions pas que nous étions à quinze milles au large du cap Spartivento, ni que le guetteur du sémaphore de l'île de Sant'Antioco nous avait vus tomber à l'eau et avait donné l'alerte, et nous avons su le pire seulement au lever du jour quand nous avons été recueillis par un bateau auxiliaire : nous avions amerri dans une zone minée, pour nous repêcher ils avaient dû déminer la nappe d'eau et ensuite la miner de nouveau.

A l'hôpital je me réveillai tout bandé, j'étais le plus mal en point mais je récupérais bien, quelques semaines plus tard on m'ôta les bandages et je me levai ; avec le temps il arrivait pourtant qu'en tournant dans les couloirs je me heurtais légèrement l'épaule contre le mur ou les chambranles des portes, comme si j'avais perdu cette orientation naturelle qu'a chacun de nous quand il marche ; j'en parlai au médecin et je fus immédiatement remis au lit dans l'immobilité la plus absolue, on me donna d'étranges lunettes avec seulement un petit trou pour voir et quelques semaines plus tard on m'annonça que lorsque j'avais cogné ma tête et mon œil contre le viseur ma rétine s'était recroquevillée et fermée, peut-être avec les soins elle se rouvrirait, qui sait. San Remo, où je passai le printemps, était vraiment beau, une gigantesque maison de convalescence pour blessés de toutes les armes ; le soir je me promenais le long de la plage, je savais que je ne reviendrais jamais plus dans le groupe, la guerre pour moi était finie, regarder la mer depuis le rivage me donnait une sensation étrange de solidité et d'abri. Très belle la Riviera de Ponente, j'avais été gracié par le destin, et j'éprouvais pourtant la nostalgie des autres, à chaque moment de la journée je savais ce qu'ils étaient en train de faire, je pouvais l'imaginer sans effort, même le soir au cours de ces promenades quand je restais à regarder la lune qui cessait d'être pour moi une source de lumière et de survie et redevint le poignant ornement métaphysique du paysage nocturne.

Puis à l'automne je reçus deux lettres, l'une de Graziani et l'autre de Faggioni. Graziani avait été surpris par l'armistice en permission à Rimini, pendant deux jours il avait discuté avec les Allemands et demandé en vain des ordres de Rome, à la fin il avait volé un *Soixante-dix-neuf* à l'aéroport de Fano sous les rafales d'un peloton d'artillerie italien et il avait atterri à Catane. Alors qu'il était en train de parquer l'avion une jeep roula à sa rencontre avec à bord un militaire américain tout souriant, un sous-officier qui parlait parfaitement le sicilien, sur l'escalier il serra la main à tout l'équipage, offrit des cigarettes, puis sortit une caméra de la Jeep en priant tout le monde de remonter sur l'avion et de descendre de nouveau pendant qu'il tournait son film. Graziani dut répéter cette scène plusieurs fois, la dernière pour le commandant de l'aéroport de Catane, un colonel de l'United States Air Force. L'intérêt des Américains fut grand lorsqu'ils découvrirent que c'était un avion torpilleur, on plaça sous ses yeux un paquet de photos prises des bateaux au cours des torpillages, parmi les avions qui couraient comme des chats rendus fous sur l'eau Graziani reconnut plusieurs fois le sien, et sut à cette occasion seulement que quelques bateaux avaient été réellement coulés. Puis l'Intelligence Service lui demanda des informations détaillées sur le système de la défense aérienne en Italie, choses qu'il ne connaissait pas ; les Américains ne voulurent pas le croire, et le fait qu'il était passé immédiatement et spontanément dans le Sud ne suffit pas, ils lui confièrent le commandement d'un groupe de *Soixante-dix-neuf* destinés au transport de courrier et des officiers entre le continent et les îles, et pendant quelques mois il eut derrière lui un carabinier chargé de faire un rapport chaque soir sur ce qu'il faisait de sa journée.

Faggioni était lui aussi en permission le jour de l'armistice et lui aussi vola un *Soixante-dix-neuf*, à l'aéroport de Florence, et avec l'avion il vola le mécanicien auquel il avait demandé de le contrôler, et il atterrit à Littoria où se trouvait le reste du détachement. De sales heures, croyez-moi, vraiment très mauvaises, il était presque impossible d'obtenir des ordres, difficile de comprendre et de décider, avec les Allemands qui faisaient pression sur les aéroports, le matin suivant, Faggioni et les autres chargèrent hommes munitions et pièces de rechange sur treize avions et décollèrent pour l'aéroport d'Ampugnano à Sienne, la seule base libre après la chute de Pise et de Littoria. A Sienne dans une grande confusion et avec des liaisons difficiles ils reçurent d'abord l'ordre de rendre les avions inutilisables en arrachant la pipe d'admission dans les moteurs, ordre qu'ils n'exécutèrent pas, puis celui de se transférer à Milis, en Sardaigne, aéroport qui pourtant selon certains était déjà occupé par les Allemands. Ils décollèrent à l'aube, et dès qu'ils parvinrent sur la mer Tyrrhénienne il apparut clairement, là dans le ciel, quelle conclusion chacun avait tiré de l'armistice, les choix idéaux furent déclarés en silence avec un virage et une route différente. Ils se séparèrent sur la mer sans rien se dire, un *Soixante-dix-neuf* se dirigea tout de suite vers le nord, quatre autres vers la Sicile, un seul atterrit en Sardaigne à Milis sur la piste minée, et l'équipage fut capturé tout de suite par les Allemands ; les autres voyant la scène d'en haut mirent le cap sur le sud. Faggioni qui suivait détaché avec un groupe de quatre avions vola régulièrement jusqu'aux Bouches de Bonifacio, puis un de ses avions fut attaqué par un Messer-schmitt 109 et obligé d'amerrir, un autre fut contré par deux Focke Wulf 190 et s'enfonça dans l'eau devant cap Testa ; sur le camp de Milis enfin Faggioni remarqua quelques *Soixante-dix-neuf* parqués mais aucun signal de voie libre avec la fusée verte. Il essaya alors d'atterrir à Borore, là, de terre, furent lancées deux fusées rouges aussitôt suivies par deux coups de canons. Il fit demi-tour et en formation avec l'autre avion il revint à Ampugnano, dernier ordre connu ; pendant trois jours ils vécu-rent dans l'aéroport désert comme dans un avant-poste abandonné jusqu'à ce qu'un matin arrive un civil à bicyclette, c'était l'ex-commandant de la base venu donner l'ordre de déménager. Ils s'adressèrent au district militaire de Sienne pour savoir quelque chose, ils reçurent indistinctement un mois de permission. Celle de Faggioni dura quatre jours, au cinquième il se présenta à l'École d'application de la Regia Aeronautica à l'aéroport des Cascine et s'enrôla dans une aviation encore inexistante, qui allait devenir ensuite l'aviation de la République sociale italienne. Il mourut à minuit le lundi de Pâques en quarante-quatre en torpillant sous la lune d'avril les bateaux américains devant Anzio, il disait toujours c'est dur mais tant que j'y arrive je continue, il appelait « gros lards » les grands cargos, peut-être dans cette attaque aussi a-t-il donné l'ordre dans le casque « foncez sur les gros lards », drôle de cri de guerre pour lequel nous nous moquions un peu de lui. Dans la mer d'Anzio furent repêchées sa casquette et la serviette où se trouvaient les cartes.

Anzio n'est pas très loin de Naples, reprit le vieux monsieur, non loin de Naples il y a Ottaviano Vesuviano, et non loin de là il y avait Campo Vesuvio, un aéroport installé par les Américains où entre les plants de vigne autour de la piste un groupe de bombardement de la Regia Aeronautica Italiana avait dressé ses tentes. Graziani instruisait les pilotes sur le *Baltimore*, le bimoteur mis à sa disposition par les nouveaux alliés, il passait ses journées en double commande avec ses élèves et un après-midi de juillet où il donnait une leçon de pilotage autour du terrain il vit atterrir un *Soixante-dix-neuf* pour le transport des passagers, rien d'étrange, l'avion accompagnait souvent quelques officiers du rang, mais le contrôleur de la tour l'invita à rentrer. En roulant vers le parking il passa près de l'avion qui venait d'atterrir et du groupe des officiers supérieurs autour de l'échelle il s'en détacha un avec un uniforme flambant neuf qui alla à sa rencontre. Savez-vous qui c'était? demanda le vieux monsieur; non, vous ne le savez pas, et vous ne pourriez pas l'imaginer, ni même Graziani tant qu'il ne l'eut pas en face de lui. C'était Buscaglia. Carlo Emanuele Buscaglia en chair et en os. Ressuscité. Graziani le fixa sans un mot, ils s'embrassèrent, Buscaglia les larmes aux yeux lui dit tu es encore sur la brèche. La dernière fois ils s'étaient salués au moment du décollage pour Bougie, le matin de leur controverse sur la lumière, un an et demi plus tôt sur le camp de Castelvetrano en Sicile. A présent Buscaglia devait repartir tout de suite pour Lecce, un ministre était en train de l'appeler de l'intérieur de l'avion, mais il devait revenir le mois suivant pour assumer le commandement d'un groupe de bombardement, et alors il lui raconterait, et en effet le mois suivant il arriva pour s'exercer sur le *Baltimore* et une nuit d'août au pied du Vésuve, devant les tentes où ils étaient logés, il raconta son histoire à Graziani. Les Américains l'avaient repêché dans la baie de Bougie, repêché et recousu, puis expédié dans un camp de prisonniers au Texas. Du moment où son avion avait été abattu, il se rappelait la lente agonie du photographe de bord, le seul à part lui encore en vie dans cette mer de carburant en flammes; en mourant il lui avait reproché les risques excessifs qu'il avait pris, et à ce souvenir Buscaglia pleura. Mais le récit partait d'encore plus loin, depuis que, avant Castelvetrano, il avait décidé de faire surveiller son avion jour et nuit par un carabinier, ordre alors incompréhensible pour tout le monde mais qui était dû, expliqua-t-il maintenant, à une confidence de l'évêque de Catane qui lui avait recommandé de surveiller les avions et plus particulièrement le sien, car il avait eu connaissance de la possibilité de sabotages dans le détachement. Et, dit Buscaglia, quelqu'un avait dû avoir les mains libres parce qu'en effet à Bougie, sous l'attaque des *Spitfire*, les mitrailleuses de son *Soixante-dix-neuf* s'étaient enrayées dès les premiers coups à cause de cartouches défectueuses. Il avait eu la preuve du sabotage en rentrant en Italie, il s'était entretenu avec plusieurs autorités politiques et militaires, même Palmiro Togliatti avait voulu le rencontrer au siège du Parti communiste de Naples. Éloges de la part de Togliatti pour son choix légitimiste, mais reproches parce que deux ans plus tôt il avait célébré la victoire à venir dans sa réponse au responsable fédéral fasciste de Catane en visite officielle dans le groupe. Togliatti avait confirmé à Buscaglia que déjà à cette époque parmi le personnel des avions torpilleurs opérait une cellule du Parti communiste, à laquelle Buscaglia attribua tout de suite le sabotage des rubans de ses mitrailleuses, surpris que, là, les affaires sérieuses ne soient connues que par l'Église et les communistes, et convaincu que si les mitrailleuses avaient fonctionné il ne se serait pas écrasé en mer. De même qu'il fallait attribuer à la puissante cellule communiste de la fabrique de torpilles Maiano de Naples le dysfonctionnement des torpilles qui les derniers temps à la grande stupéfaction des touchés et des lanceurs n'explosaient plus. La nuit s'écoulait humide et chaude au pied du Vésuve, Buscaglia raconta à Graziani sa captivité en Amérique et comment il était entré dans le camp de Monticello au milieu du respect révérenciel des prisonniers italiens et comment il en était sorti dans le mépris général après sa décision de se rallier à Badoglio. Mais c'était le bon choix, dit-il, en accord avec son devoir de soldat, cela lui permettait maintenant de mettre de nouveau sa personne à la disposition du pays dans l'œuvre de reconstruction nationale, c'est pourquoi il avait demandé et obtenu le commandement d'un détachement. Longue et chaude s'écoulait la nuit au pied du volcan, nuit de lune aux halos de brumes, Buscaglia se souvenait et prévoyait, glissait lentement du passé au présent et du présent à l'avenir, il compléterait le plus vite possible son instruction sur le *Baltimore*, il reviendrait à l'action, ses projets s'étendaient bien au-delà de la libération du sol de la patrie, une fois la guerre gagnée en Europe, il comptait s'insérer dans l'ensemble des forces alliées avec son propre groupe, il irait dans le Pacifique, il transformerait les *Baltimore* de bombardiers en avions torpilleurs, reprenant l'ancien combat, objectif final les bateaux japonais.

Les jours suivants il accepta la suggestion de Graziani qui l'accompagnant pour un vol d'essai s'aperçut du fait que deux ans d'inactivité l'avaient rouillé et lui recommanda de s'entraîner à terre avec le *Baltimore*, en roulant sur la piste, car les avions américains étaient assez différents de ceux des Italiens pour les commandes cruciales, ce que Buscaglia fit avec beaucoup d'application et d'humilité. Puis un soir, toute activité ayant cessé sur le terrain et alors que le personnel était en train de dîner bien qu'il fît encore jour, un lieutenant se présenta au mess des officiers et dit au commandant de l'aéroport que le commandant Buscaglia l'invitait à assister à son décollage. Puisqu'il était établi que tout pilote avant de décoller tout seul devait effectuer un nombre adéquat de vols en doubles commandes ce dont s'occupait Graziani, le commandant du camp s'adressa au commandant du détachement et celui-ci à Graziani, qui répondit sans hésitation il vaut mieux que le commandant s'entraîne encore. C'est ce qui fut ordonné au lieutenant de transmettre, et le lieutenant alla le dire. On entendait au loin un vrombissement de moteurs à l'essai, mais personne n'y prêtait attention, souvent les mécaniciens travaillaient au-delà de leur horaire, surtout dans la luminosité prolongée des soirs d'août. Il y eut le fracas caractéristique des moteurs poussés à plein régime. Puis un silence soudain et terrible. Graziani se précipita hors du mess, les autres avec lui, devant eux les mécaniciens couraient déjà à travers les vignobles vers un nuage noir au bout du terrain. Le lieutenant raconta qu'il avait transmis l'ordre à Buscaglia qui était déjà dans le *Baltimore* tous moteurs allumés, qu'il avait grimpé sur l'aile en lui disant de ne pas voler ; l'autre avait réfléchi quelques instants, puis avait répondu fermez la porte, j'essaie, je décolle. Il avait roulé jusqu'au début de la piste, donné tout le gaz, roulé trois cents mètres à pleine puissance parvenant à décoller les roues, l'avion suspendu à mi-hauteur dans l'air avait piqué du nez en tombant sur une aile et celle-ci en se détachant avait incendié l'essence. Buscaglia avait eu la force de sortir de l'habitacle, et il s'était même arraché des flammes qui l'avaient aussitôt enveloppé. Puis il s'était écroulé à terre inanimé. A l'infirmerie le médecin-chef avertit tout de suite Graziani que la situation était désespérée ; plus tard, quand il fut admis dans la chambre, Buscaglia le regarda de dessous son bandage et il s'émut, pleura et pria Dieu, il lui demandait à l'aider à guérir de nouveau. Il fut transféré à l'hôpital anglais de Naples, son état empira dans la nuit, il mourut à l'aube.

Le vieux monsieur se tut, passa une main sur la table, sa belle pince de cravate brilla, dans le mouvement, avec un reflet de lumière lunaire. Ni lui ni moi n'aurions su dire comment la lumière avait changé, le soir était descendu sur le terrain à pas feutrés, rien qu'en obscurcissant peu à peu l'horizon et nos visages. J'ai dû vous ennuyer avec tous mes bavardages, dit le vieux monsieur, je lui répondis vous savez que ce n'est pas vrai. Voyez-vous, ajouta-t-il, je vole encore, je volerai tant qu'une visite médicale ne m'arrêtera pas et j'ai plus de soixante-dix ans, je vole avec les mêmes avions avec lesquels vous volez, mais cette grosse machine avec ses trois moteurs et les tourelles je ne l'oublie pas, tachée comme un léopard. C'est drôle, ce doit être un sentiment de notre siècle, je doute qu'il ait existé avant ; dans ce ventre de métal et de toile j'ai connu la terreur, j'ai souffert dans mon corps, j'ai vu mourir des gens que j'aimais, c'était ma jeunesse, des mois qui valaient des années, des années qui valaient des décennies, tout était si intense, tout si irréel. Je vole encore, et quand sous le ciel s'étend un plafond de nuages je fais un trou et je m'en vais là-haut, le dessus des nuages est un autre monde, c'est comme de se tenir dans un grenier et veiller sur la maison ; le ciel au-dessus des nuages est comme une mémoire magnétique, là tout est resté imprimé, comme sur les sels d'argent des photos, du reste ce serait insensé si ce qui a été une fois n'existait jamais plus, ne croyez-vous pas ? Je ne peux pas croire qu'au-dessus des nuages, dans le quartier général de ce qui s'est passé au moins une fois, je ne percevrais pas une ombre qui s'approche et se place à côté de moi, une ombre ventrue et engagée, une ombre avec une tache et cette tache est le cylindre en fer qui pousse sous elle ; on voit qu'ils ont quelque chose à faire dans cet avion, ça se voit à cause du mitrailleur dans la tourelle qui tourne le dos au nez et surveille la queue, ça se voit aux rideaux fermés sur les vitres dans la cabine de pilotage. Je rentrerais en contact radio, alors, et je les appellerais, je les appellerais par le numéro qui est marqué sur leur fuselage, ils ne répondraient pas, peut-être à cause du silence radio obligatoire au cours des missions, peut-être ne répondent-ils pas parce que moi je suis rentré de ma mission tandis que la leur est toujours en cours, regarde comme ils sont concentrés et soucieux et sérieux : je les côtoie-rais aile contre aile, j'aurais même l'impression qu'ils ont ralenti exprès pour me permettre de le faire, je ferais un signe au mitrailleur mais il ne se retournerait pas, imperturbable, est-il possible qu'il ne me voit pas ? Je me mettrais en contact radio et les appellerais à nouveau, je les appellerais par leur nom et puisque les rideaux m'empêchent de voir qui est aux commandes je les appellerais avec tous les noms auxquels ils pourraient répondre, noms dont je me souviens un par un, et peu à peu dans le silence de mon haut-parleur j'entendrais un grésillement, quelques syllabes, peut-être un mot, oui, mais si lointain, si bas que c'est incompréhensible, je serais déjà heureux du contact établi et plein d'émotion je crierais au micro *répétez, répétez !* et savez-vous ce que recevrait alors ma radio ? savez-vous cher monsieur ce qu'il sortirait de ma radio de bord ? il sortirait un swing, un vieux swing de chez nous, et je reconnaîtrais la voix, moi je connais cette voix je dirais, bien sûr que je le connais, c'est le chanteur Di Palma, ne l'entendez-vous pas ?… n'entendez-vous pas comme il chante ?…

> *… J'ai rendez-vous avec la lune,*
> *à neuf heures hors de chez moi,*
> *avec elle qui n'est pas femme par fortune,*
> *et je suis certain qu'elle sera là.*
> *Ce soir on ne va pas au théâtre ni au cinéma,*
> *ni au café habituel, et toi chica chica*
> *tu resteras chez toi et sais-tu pourquoi ?*
> *… J'ai rendez-vous avec la lune, hors de chez moi…*
> *ba' ba', bidî, bidaou…*
> *ba' ba', bidî, bida'.*

Jusqu'au point de rosée

Tu te perdis un matin en vol comme on se perd dans la vie, sans que l'on se rende compte qu'on se perd, glissant peu à peu dans le ne plus se trouver ; d'abord la campagne ne fut pas celle que tu attendais, puis le fleuve qui aurait dû arriver n'arriva pas, enfin la brume de chaleur s'exhalant sur la plaine du Pô se cristallisa en une opacité dense et plus consistante, dans une minute j'en sors pensas-tu, une minute passa puis une autre, toutes les vitres de l'avion devinrent blanches et dépolies, il fut évident pour toi que tu ne sortirais plus de ce chaud brouillard diurne. Ce n'est pas que l'on se perde d'un seul coup, on commence à se perdre à temps, en réalité tu t'étais déjà perdu plus tôt, à la dernière position, quand tu avais appelé le Contrôle en confirmant que tu étais là où tu aurais dû être selon le plan de vol : pur nominalisme, prédominance absolue du projet sur toute réalité, puisque en fait tu n'y étais pas. C'est alors que tu avais diminué ton altitude, tu t'étais raccroché à une ligne de chemin de fer, et quand le chemin de fer s'était arrêté à un petit village tu étais passé très bas au-dessus de la gare pour lire son nom, mais le nom, saisi comme ça en vitesse, ne t'avait pas beaucoup aidé, où que tu fusses tu t'étais dérouté et en remontant dans la brume tu avais perdu encore plus ton orientation jusqu'à te trouver là où tu es maintenant, c'est-à-dire où tu ne sais pas. La dernière position certaine était *Abeam Boa*, un point de navigation sur la carte une dizaine de milles à l'est de Bologne à la verticale de petites agglomérations de maisons toutes égales, ce pouvait être Budrio ou Medicina ou San Lazzaro di Savena, sur les toits il n'y a pas les noms des villages, personne n'a exaucé le désir de Rodčenko pour qui les toits auraient dû être la façade des maisons tournée vers le ciel, pour que les maisons offrent aux avions quelque chose de mieux que la monotonie des tuiles ; ceci se passait dans les années trente, depuis ce temps-là le toit comme façade n'a pas été réalisé, les toits sont tous pareils, pareils les villages sans nom sur les toits, et c'est ainsi que tu t'es perdu, en mentant au Contrôle sur une position.

La peur est faite de liquides qui s'assèchent, tu as regardé l'altimètre, tu as pris la carte en cherchant d'un coup d'œil les zones de couleur plus brune, du jaune tiède au marron foncé, où s'épaississent les reliefs ; si tu t'étais dérouté au nord-est il y avait le mont Venda, si tu t'étais perdu plus au nord il y avait les monts Lessini et les Préalpes, un rocher serait sorti du blanc au-delà du pare-brise tu n'aurais même pas eu le temps de le voir. C'était la première fois que tu te perdais en avion, sans encore être habilité au vol aux instruments, l'événement fut célébré par une phrase que ton esprit produisit de lui-même, la phrase disait je ne veux pas mourir, une phrase si naturelle qu'elle fut prononcée à haute voix pour son compte, comme avec la voix de quelqu'un d'autre qui t'aurait reproché de l'avoir mis dans une telle situation. Pour ne pas mourir je dois monter, pensas-tu aussitôt, inutile d'avancer aveuglément ; je monte en spirale à la verticale de l'endroit où je me trouve, si je garde parfaitement le centre de la rotation, si je ne me cogne pas au premier ou au second tour, je suis sauvé. Tu as lu sur la carte les altitudes des sommets les plus probables, en ajoutant mille pieds par sécurité tu as commencé à grimper vers les cinq mille ; en plein ciel opaque, dans un espace infini, tu t'enfermais dans le cylindre de sauvetage construit par ton vol en cercle, lente excavation vers le haut dans le brouillard filandreux. Tout, aux alentours, était plein d'invisibles menaces, à chaque tour tu réduisais le rayon pour réduire les dangers, du moins tu l'espérais, et chaque tour ne finissait jamais. Le brouillard était un nuage infécond, c'est ce que pensait Aristote, n'ayez aucune confiance en son caractère enveloppant, envahissant, cette eau n'est qu'humidité, ce n'est pas une prégnance de pluie qui féconde les champs et enfle le cours des fleuves. Le brouillard n'est que décor, le brouillard se pose : sur les champs, et dans l'espace entre ciel et terre, stérile, favorable aux crimes. Et ils lui sont inconscients, indifférents. Mais ce qu'il commet ce sont des crimes.

Voilà à quoi tu pensais en surveillant les instruments, variomètre cinq cents pieds en montée, soixante nœuds pour la montée raide, indicateur de virage et de dérapage avec bille au centre et la figurine de l'avion inclinée pour un tour complet en deux minutes ; et pourtant quand tu n'es pas en vol tu aimes le brouillard, quand le brouillard descend sur la ville tu le sens bien avant à l'odeur et à la consistance des bruits qui change, tu es appelé par la nuit et le brouillard de façon irrésistible, comme un chien par son maître, il suffit simplement de siffler. A part cela, que savais-tu du brouillard, pilote ? Qu'il naît d'une coïncidence, de la coïncidence de la température de rosée avec la température de l'air, températures que tu t'étais bien gardé de demander au météorologiste avant de décoller. Tu pouvais le faire maintenant, tu pouvais demander au Contrôle si on savait quelque chose de cette suie, combien elle s'était diffusée et jusqu'à quelle altitude, mais tu aurais dû éclaircir quelques questions avec le Contrôle, donc tu renvoyais à plus tard. Contrôle, comme l'Être en philosophie non susceptible de définition mais seulement de clarification, Contrôle, comme l'Être, indivisible et distinct de toutes les autres, intelligible en soi, aimable en soi. Même le Contrôle aérien pourrait se comprendre ainsi, c'est au fond une pure voix captée dans le brouillard, voix invisible qui te parle de terre, le haut et le bas se sont renversés, nous pauvres mortels perdus dans le ciel et l'Immortel tranquille à terre, œil qui te suit dans le noir à l'intérieur de la cuvette lumineuse des traces radar ; œil pour œil, être pour être, on ne voit rien ici tu murmurais nerveux, c'est ainsi que ton esprit se protégeait de la terreur en expectorant des sottises, non différemment de la « vision blanche », douce inondation de lumière que dit avoir vu au dernier instant celui qui traverse la mort et en revient, analgésique final avec lequel ton esprit t'embrasse au moment où il s'éteint et prend congé.

Au-delà des vitres le brouillard sembla s'animer en formes denses, rapides, fumeuses ; il t'a fallu quelque temps pour comprendre que ce n'étaient pas des rochers ou des arbres ou les corps imminents d'un impact inévitable mais mouvements et volumes vides de la masse humide ; tu t'es penché vers le tableau de bord, tu regardais inutilement vers le haut en espérant que la luminosité du soleil diluerait cette clarté visqueuse, au contraire au fur et à mesure que tu montais l'opaque se fonçait, plus sombre, plus gris ; même le tangage de l'avion augmentait, le roulis augmenta, il y eut de soudaines turbulences venant du bas et des appels d'air du haut, des embardées de côté ; ces dernières plaçaient l'avion de travers sans le plier dans les virages, le faisant tourner à plat sur un imaginaire pivot vertical qui le perçait du haut, comme un petit poisson sur une girouette : tu donnais tout de suite du palonnier, dès que tu sentais s'épaissir le bruit de l'hélice qui mordait l'air avec une incidence différente, tu donnais tout de suite du palonnier pour annuler le dérapage et remettre l'avion droit. Avais-tu compris où tu te trouvais ? Hors du brouillard, certes, mais pas dans le ciel ouvert ; sorti du brouillard, sans qu'apparaisse un brin de bleu, tu étais entré directement dans les nuages, tu étais dans un nuage, un cumulus à en juger le gris livide comme une meurtrissure, et les turbulences qui secouaient l'avion. Que savais-tu alors du cumulo-nimbus, pilote ? que dedans il y a tout, courants ascendants et descendants très forts, grêle et pluie, givre potentiel instantané ; et qu'aussi un nuage comme ça prend son origine du moment où l'air se refroidit jusqu'au point de rosée, et cette prééminence de la rosée comme référence thermique, et que la rosée fût concernée par des événements bien plus imposants et menaçants qu'elle, la rosée après tout, qui est toujours consolation, soulagement, réconfort, eh bien, c'était vraiment difficile à croire. En été tu avais déjà eu la possibilité de contourner quelque orage aperçu à temps, tu le voyais à des milles de distance, un cylindre avec un amas d'averses entre ciel et terre, humide et opaque comme une méduse, parfois si net et circonscrit qu'il suffisait d'en faire la circumnavigation, de le côtoyer de l'aile en le laissant à l'est, puisque tout dans notre ciel bouge en général de l'occident vers l'orient. Mais cette fois tu avais glissé dans un nuage sans savoir d'où il venait, et tu n'imaginais pas où ce ciel finissait.

L'avion recevait des coups par le bas et se soulevait sur lui-même et retombait ensuite comme dans la dépression d'une vague, mais à tel point creuse qu'elle semblait s'achever avec l'assèchement de la mer, dans le dur déchirement contre des strates laminaires d'air nouvellement en ascension. Tu avais instinctivement réduit la vitesse sentant l'avion se tordre et se plier, le cap était déjà perdu avant, tu t'imagines, après toutes ces spirales en montée et les turbulences ; tu ne pouvais plus renvoyer l'entretien avec le Contrôle. La main sur le micro, le regard fixé sur la noirceur du ciel, tu pensais à ta phrase ; en réalité la phrase était là toute prête, une auguste phrase naturelle imprimée dans ton esprit : Treviso radar, je ne veux pas mourir. Je répète, je ne veux pas mourir. Mais le langage aéronautique ne prévoit pas de désirs, pas même de désirs cruciaux, rien que des positions et des directions, et cela en réalité pouvait tourner à ton avantage, puisque à présent la terreur de t'être perdu dans ces nuages était presque égale à la préoccupation de devoir l'admettre avec le Contrôle. Pour te retrouver, ou pour être retrouvé, il suffirait que tu reconnaisses ta misérable condition actuelle, sans perdre plus de temps à la recherche de la formule aéronautiquement la plus objective et la moins humiliante. Appelle le Contrôle, appelle-le tout de suite, les choses ici évoluent vers le pire et toi tu ne t'en rends même pas compte, d'ici peu tu vas expérimenter les sensations illusoires, que tu n'as lues jusqu'à présent que dans les manuels le soir avant de t'endormir. Tu ne veux pas céder, tu ne veux vraiment pas reconnaître que tu t'es perdu, tu arranges encore tes mots et tu ne perçois pas que l'avion est en train de tomber de côté, jusqu'au moment où enfin tu établis un contact radio et sur le ton le plus impersonnel, calme, tu dis : « Treviso radar, l'India Echo November n'est plus en Victor Mike Charlie. Demande un QDM, un Quebec Delta Mike. »

Si tu voulais te cacher derrière les mots tu as réussi, Treviso radar c'est le Contrôle que tu appelles, un Contrôle militaire par ailleurs, India Echo November sont les marques abrégées de ce pauvre avion perdu dans le ciel, Victor Mike Charlie, VMC, les initiales de *Visual Meteorological Conditions*, tu ne voles donc plus dans des conditions météorologiques de visibilité ; on pourrait croire que ce n'est pas toi qui t'es chassé dans le brouillard et dans les nuages, mais au contraire que le ciel, le cosmos autour de toi a changé ses conditions, que la visibilité a cessé, un événement propice qui se serait inexplicablement soustrait, comme dans une maison soudain s'en va l'électricité. (En dehors du vol et de la situation actuelle, dans le domaine de *tout le reste*, tu aurais détesté un tel usage des mots, c'était ainsi qu'on se cachait derrière l'« objectivité » et le « rendre présentable », depuis des années tu entendais parler ainsi, en utilisant les mots comme une pierre dure ; à force d'objectivité, c'est-à-dire d'omissions, on parvenait à attribuer à n'importe quelle chose la plausibilité qu'elle ne possédait pas, en la montrant à la fin comme le contraire de ce qu'elle était.) Le Quebec Delta Mike que tu as demandé, QDM, est un vieux terme du vieux code Q, code déjà utilisé par Faggioni et Buscaglia, rien au monde n'est plus conservateur que l'aéronautique et la marine, QDM, qudémike, vieux terme, le plus aimé de n'importe quel pilote, terme qui conduit chez soi, intraduisible parce que ce n'est pas un sigle, mais trois lettres qui codifient et scellent la question suivante, salvatrice : tel que vous me relevez quel cap dois-je prendre si je veux parvenir à ma destination ? *destino* en espagnol, la seule langue où la finalité géographique coïncide avec l'accomplissement de l'aventure personnelle.

« India Echo November. Position ? » répondit la voix à l'autre bout, voix napolitaine du Contrôle, militaire et impassible, venant qui sait de quel coin.

Voilà comment il t'a coincé. Que vas-tu lui dire à présent ? Où es-tu ? Tu cherchais de nouveau à gagner du temps, l'avion dansait de-ci et de-là, le ciel était noir, la voix répéta à peine inquiète : « India Echo November. Vous me recevez ? »

« Affirmatif… Quatre cinquièmes… L'India Echo November a quitté *Abeam*… » Ça c'était vrai, tu avais quitté *Abeam Boa*, mais quand, combien de temps avant, et pour quelle direction ? De plus, tu devais déclarer ta nouvelle altitude. « Stabilisé à cinq mille. »

« Comment donc, à cinq mille ? répondit aussitôt le Contrôle parthénopéen, tout à coup réveillé. Vous êtes à cinq mille ? Vous auriez dû nous le dire que vous montiez à cinq mille. Vous auriez dû nous informer du changement d'altitude… Avez-vous le transpondeur ? »

« Nous avons le transpondeur. » Certes, tu avais le répondeur automatique aux radars, mais ce pluriel dans tant de solitude était si ridicule, si hypocrite et cérémonieux, *avez-vous ?*, *nous avons*, comme s'il y avait un équipage complet, un copilote qui va s'occuper d'insérer le code à quatre chiffres dès qu'il te sera transmis, un mécanicien qui va surveiller les niveaux, un navigateur qui va garder le cap, un radiotélégraphiste qui va maintenir les communications avec le monde.

« Squawk ident 6467 », enjoignit le Contrôle.

« Ident 6467. »

Tu insères les quatre chiffres dans l'instrument, tu observes le voyant qui lance des éclairs, signe que le radar interroge dans le ciel la masse métallique perceptible de lui seul à l'intérieur de laquelle tu es enfermé, le transpondeur répond, à terre dans la cuvette lumineuse des traces le point indéterminé qui correspond à ton avion s'allume avec le numéro 6467 : non plus indéfini, tu es distinct, tu es identifié, singulier et connaissable.

« Excusez-moi pour la hauteur, dis-tu en un pluriel parfait, nous ne sommes plus en Victor Mike Charlie. Il nous faudrait un Quebec Delta Mike pour le VOR de Chioggia », et ce disant tu penses qu'il vaut toujours mieux monter d'abord et se mettre en sûreté, et après faire des discours à la radio.

« Un Zéro Trois le qudémike », accorde Naples, professionnel.

Cent trois. Tu commenças à virer vers la route cent trois degrés, direction sud-est, un virage dans les nuages parmi des trous d'air continus, le Contrôle voyait où tu étais et où était le VOR, relativité des positions, inévitabilité des positions, comme dans l'exemple classique du libre arbitre, deux personnes convergent inconsciemment vers le même coin de rue, quelqu'un à une fenêtre les voit s'approcher et prévoit le choc, mais ne peut pas l'éviter, le destin est une clairvoyance sans possibilité d'action. En ce moment de ta vie le destin roulait pour cent trois, et sur ce numéro, rappelant du virage, tu arrêtas, ou plutôt tu cherchas à arrêter dans le grand tohu-bohu la figurine de l'avion le long de la rose du compas gyroscopique.

Ce fut alors qu'en regardant l'horizon artificiel tu t'aperçus que l'avion s'était tout entier incliné sur la droite, presque à l'envers. Tu tapas du doigt sur l'instrument, il avait dû se casser, tu te sentais parfaitement horizontal et stabilisé après le redressement du virage ; tu cherchas une confirmation au-delà du pare-brise mais dehors tout était opaque et gris, aucun point de repère avec lequel faire coïncider un point de vue quelconque ; en revenant aux instruments tu te rendis compte que le variomètre aussi indiquait des valeurs très hautes en montée, alors que la vitesse diminuait. Tu ne comprenais pas ce qui arrivait à l'avion, il te semblait parfaitement sur la ligne de vol, était-il possible que le tableau de bord tout entier se trouvât soudain en panne ? Tu pensas aux prises d'air extérieures des instruments, en entrant dans le nuage avaient-ils fait du givre ? Mais tu ne te souvenais pas des symptômes pour chacun des instruments quand il ne reçoit plus l'air avec lequel il indique où on est. Un pilote en situation d'urgence donne cinq pour cent de ce qu'il sait, disait Bruno, s'il sait déjà peu de chose en général, imaginez dans ce cas ; c'est pourquoi la nuit, avant de t'endormir, tu lisais les manuels des cours et des brevets suivants, et d'une de ces lectures sur le vol aux instruments qui confinent avec l'abandon et le sommeil rejaillit en toi, là en plein nuage, le concept de sensations illusoires. Elles concernaient la perception de l'espace, elles dépendaient des liquides dans les canaux du labyrinthe auriculaire qui flottent à chaque mouvement en stimulant les cils des parois, en adressant des signaux de position de nous à nous-même. Les instruments du tableau de bord tu les as donc déjà dans tes oreilles, pilote, sauf que les tiens sont plus lents, tes denses liquides corporels glissent plus lentement que le fait à présent ton avion en virant, les cils dans les labyrinthes avertissent et transmettent, tout est correct mais tout est en retard, un présent illusoire dans l'esprit, entre-temps l'avion et ton corps vivent déjà le futur d'une position différente ; vous n'êtes pas du tout droits et stabilisés comme tu le croyais, il suffirait d'un vrai horizon à regarder, d'une ligne visible entre ciel et terre pour faire taire toute autre représentation, puisque la vue prime sur tout, tu verrais alors, si le nuage s'ouvrait, comment tu es en réalité : assis sur un côté, à l'intérieur de ton avion tourné sur un côté et le nez en l'air. Croire aux instruments, disait Bruno dans son ironique infinitif impératif, ne pas lever les yeux du tableau de bord si tu ne vois pas dehors, fie-toi seulement aux instruments, et tu commenças à t'y fier aveuglément poursuivant aiguilles et chiffres avec une activité frénétique de manette palonnier et manche, mais le manche devint soudain pâteux et lâche dans tes mains, avec d'étranges vibrations, et ça tu savais bien ce que c'était, ça oui tu le savais : c'était le décrochage qui arrivait, tu entrais en décrochage. Je ne veux pas mourir, dit ta voix haute, je ne peux pas mourir ici, cela contrasterait avec ma nature de rescapé, et alors que tu disais ou pensais ou criais cela l'avion tomba, en s'abaissant sur le côté.

Difficile de dire comment tu tombas, où étaient le dessus et le dessous, c'est pourquoi, ou peut-être à cause de la voix du Napolitain qui demanda à la radio « India Echo November, des problèmes ? » te voyant perdre sur le radar un millier de pieds en trois secondes, quoi qu'il en fût, en tombant sans plus de dessous ni dessus Cola Poisson te revint à l'esprit, l'enfant né pour l'eau, né pour la mer, si consacré à elle que sa mère le maudit, puisses-tu devenir poisson, et de ce jour-là il vécut en poisson ou presque poisson, immergé pendant des heures dans l'eau comme dans son propre élément, sans avoir besoin de remonter ni de respirer. Pour voyager, il se laissait engloutir par quelques-uns des énormes poissons dans la familiarité desquels il vivait, il voyageait dans leur ventre de même que tu voyageais vers l'abîme dans le ventre humide du grand nuage ; une fois parvenu à destination il coupait avec un couteau le ventre du poisson et sortait dans l'eau afin d'accomplir ses enquêtes pour le compte du roi. Le roi demandait comment était le fond de la mer, et Nicolas après un séjour investigateur dans les profondeurs revenait en rapportant qu'il était formé de jardins de corail, parsemé de pierres précieuses, avec çà et là des amas de trésors, d'armes, de squelettes humains, et d'épaves de bateaux ayant péri. Le roi ordonnait des recherches pour savoir comment la Sicile tenait sur l'eau et Cola Poisson remontait à la surface en disant que l'île prenait appui sur trois colonnes, dont l'une était brisée. L'enquête finale que le roi lui commandita concernait Cola Poisson lui-même, jusqu'à quel point l'homme marin pouvait-il s'enfoncer sous l'eau, pour le démontrer il devait récupérer un boulet de canon lancé depuis le phare de Messine pour cette expérimentation. Cola accepta, il irait si le roi insistait, mais il dit tout de suite qu'il ne reviendrait plus. Le roi insista, Cola plongea derrière le projectile qui descendait rapidement dans la mer, le rejoignit au plus profond des fonds, le ramassa, et quand il releva la tête pour remonter, il vit au-dessus de lui les eaux tendues et solides. Fermées. Il s'aperçut alors que l'espace dans lequel il se trouvait était tranquille, silencieux, sans eau. Impossible de rattraper les vagues, impossible de recommencer à nager. C'est là que la vie de Cola s'acheva. C'est ainsi que tu l'avais lue chez Croce, filtrée à travers toutes les variantes, de Gualtiero Mapes à la tradition espagnole précédant le *Don Quijote* jusqu'à la version accueillie par Athanasius Kircher dans le *Mundus Subterraneus*, et à celle mise en vers par Schiller. Un homme enfermé au fond de la mer dans un espace d'air, c'est cela qui t'avait toujours frappé dans toute cette histoire, et c'est ce que tu rêvas en perdant trois mille pieds dans le ciel en quelques secondes, qui sait ce qu'était ce dessus d'eau et le dessous d'air, tout retourné, renversé mais avec une marge incongrue de survivance ultérieure, et quand le sang réafflua dans ton cerveau il n'y avait plus Croce, ni même le *Conte des Contes*, tu revins à toi avec un seul mot dans le cœur, survitesse, la vitesse qui conduit la structure à céder.

«India Echo November, des problèmes? demanda à nouveau l'hégélien napolitain. India Echo November?…» L'aspect le plus incongru était ce fond d'air inédit sous l'eau, sur lequel aucune version ne s'était arrêtée, personne n'avait réfléchi sur cet inouï sens dessus dessous, qui n'était pas différent du sens dessus dessous dans lequel toi-même tu te retournais à présent en ruant comme un enfant pour retrouver les palonniers et interrompre la rotation de l'avion, désormais mis en vrille.

Tu coupas le moteur en te laissant tomber en piqué, combien pouvais-tu perdre encore ? très peu selon l'altimètre ; tu tiras le manche, doucement bien que tu voulusses l'arracher, tu tirais doucement pour ne pas plonger définitivement, tu priais pour que les surfaces ressaisissent l'air ; tout te parut en même temps très rapide et incroyablement ralenti, et lorsque le manche te fit sentir qu'il était en prise, tu rappelas incrédule avec plus de décision en restituant de la puissance, jusqu'à ce que les instruments indiquent une assiette positive, une vitesse presque normale.

« India Echo November, vous avez de nouveau changé d'altitude. Quatre cents à présent. Vous ne voulez plus rien nous dire de vous ? » soupira le Contrôle à la radio.

« Pardon, Treviso. Nous avons traversé de fortes turbulences. »

« Turbulences fortes ? D'accord. Tout va bien, n'est-ce pas ? »

« Oui. Stabilisé à… mille. Nous voudrions un nouveau qudémike. »

« Un deux zéro, dit le Contrôle. Vous pouvez monter à trois mille. » Et après un silence : « Vingt-six nautiques du VOR. »

« Reçu, India Echo November. Nous montons vers trois mille, nous sommes à vingt-six nautiques du VOR. »

Sunt etiam fluctus per nubila, c'est ce que dit Lucrèce, il y a aussi des vagues dans les nuages, c'est pourquoi les éclairs dans le ciel s'éteignent comme du métal rougi plongé dans l'eau ; tu volais dans des ondes d'air invisibles et des gouttes de pluie que le vent de l'hélice écrasait comme de très rapides lombrics transparents, aussitôt desséchés le long du pare-brise. Tu volais en reprenant de la hauteur dans un gris moins dense, tu voyageais dans le corps opaque des nuages, quand la matière nébuleuse devenait plus sombre elle renvoyait les flashes intermittents des feux anticollision sur le bord des ailes, des éclairs réguliers pour photos souvenirs des nuages, vus de l'intérieur, et avec toi dedans. Bien que non habilité, tu avais quand même allumé l'électronique, tu suivais des radio-signaux venus de terre qui animaient les instruments de petites barres et petits drapeaux, ou des radio-signaux de l'espace, numéros digitaux dans le calculateur qui interrogeait des satellites et donnait les réponses en degrés-compas. Tout n'était pas compréhensible pour toi mais tu te sentais plus tranquille et sous tutelle, du Contrôle et du cosmos ; l'approche en QDM était un procédé répétitif, toutes les deux minutes tu appelais le radar, tu disais Treviso, India Echo November pour un qudémike, et le Contrôle répondait trois chiffres, que tu fixais aussitôt sur le compas gyroscopique, en faisant concorder le cap.

La météorologie t'apparaissait comme une science de la déception : non que la prévision ne trouvât pas une confirmation dans l'événement, mais parce qu'au caractère classificatoire, qui semblait garantir quelque chose de bien défini et mesurable, correspondait une fluidité continue, quelque chose de totalement insaisissable. La météorologie était peut-être une science de la prévision en même temps que de la déception. Au début, en volant, tu te tenais à l'écart des nuages comme un marin des icebergs, puis quand tu compris qu'ils allaient être le paysage de ta conduite tu cherchas à apprendre à les connaître, à les reconnaître au moins, mais ce n'était pas comme dans ton enfance avec les minéraux et les plantes, avec les déclinaisons les désinences et les cas, à la définition d'un nuage ne correspondait jamais une image définitive, les manuels d'aéronautique étaient efficaces mais trop affirmatifs, Aristote trop cosmogonique, le nuage n'était jamais ce qu'il aurait dû être, le seul qui l'eût compris, le seul qui l'eût accepté avait été celui qui avait donné leur nom aux nuages, le premier à décider qu'ils s'appelleraient *cirrus, cumulus, cirro-stratus* ou *cumulo-nimbus*, Luke Howard, un Anglais, le seul qui eût compris que le nuage n'est pas un objet, n'est pas un état, mais une transition constante, et qu'il fallait le décrire comme tel, c'est pourquoi il avait intitulé son livre *On the modifications of clouds*, Goethe lui a dédié une ode.

« Treviso radar. India Echo November pour un qudémike. »

« India Echo November, un un sept le qudéem. »

« Reçu. »

Nouveau cap, juste un peu plus au nord, la nomenclature de Howard serait en latin, *Cirrus : nubes cirrata, tenuissima, quae undique crescat*, parallel, flexuous or diverging fibres, extensible in any or in all directions, les nuages dans cette modification semblaient avoir la densité minimale, la plus grande élévation et la variété la plus large d'extension, ils commençaient comme des fils très fins au plus haut du ciel, s'allongeaient et de nouveau se rajoutaient sur les côtés et en engendraient d'autres, en une croissance parfois parfaitement indéterminée, d'autres fois suivant une direction précise, défilant éventuellement tranquilles devant la lune ; la modification des cirrus était apparemment immobile, enchaînée en réalité aux mouvements changeants de l'atmosphère, par temps humide les cirrus pouvaient descendre des grandes hauteurs se muant en cirro-stratus, *nubes extenuatae sub-concavae vel undulatae*, horizontal or slightly inclined masses, attenuated towards a part or the whole of their circumference, une nouvelle modification produite par l'abaissement des fibres des cirrus, par leur manière de se renfermer en un ensemble glissant de formes mobiles, plus consistant au centre, s'épuisant aux extrémités.

« Treviso radar. India Echo November pour un qudémike. »

« India Echo November, un un zéro le qudéem. Quatorze nautiques du VOR. Maintenez. »

Dans le même nuage les cirro-stratus pouvaient alterner avec des cirro-cumulus, *nubeculae densiores subrotundae et quasi in agmine appositae*, small, well-defined roundish masses, in close horizontal arrangement, une modification élaborée par un cirrus, ou par un petit groupe de cirrus scindés, à cause d'une rupture des fibres, en des volumes plus réduits bien arrondis et définis ; la texture du cirrus en tant que tel n'était plus discernable, le changement avait lieu simultanément à l'intérieur ou progressivement d'une extrémité à l'autre, la nouvelle modification formait un très beau ciel avec de nombreux creux distincts de petits nuages, qui ensuite par temps chaud s'évaporeraient ou se modifieraient à nouveau en cirrus ou cirro-stratus.

« Treviso radar. India Echo November pour un qudémike. »

« India Echo November, un un zéro le qudéem. En route pour le Charlie. Reportez. »

« Nous reporterons. »

Mots et nuages, les indications du Contrôle coïncidaient (et tu en étais si surpris) avec celles que toi-même tu tirais des instruments en t'efforçant de garder les aiguilles et les petites barres centrées sur le signal du radiophare, nuages et mots, on avait essayé de connaître les nuages pendant des millénaires, depuis peu on pouvait voler dedans, les voir de l'intérieur, mais quand on est dans une chose on ne la voit plus, il faut l'imaginer de l'extérieur, et de l'orage, à présent plus modeste, que tu traversais à trois mille pieds tu ne percevais qu'une succession d'éclairs ouatés, comme un rembourrage lumineux des nuages. Tu aurais souffert d'une tempête dans la mer en raison des hurlements et du fracas, ici tu étais contenu dans ton avion et séparé des éléments, c'était toi la tempête, de son point de vue, mais tout finissait par des soubresauts silencieux de hauteur et des corrections, dominés par le bruit de l'hélice. Tu cherchais à laisser derrière toi les cumulus, *nubes cumulata, densa, sursum crescens,* convex or conical heaps, increasing upwards from an horizontal base, quand les nuages apparaissaient d'une structure plus dense et se formaient dans la basse atmosphère, à partir d'un noyau sur lequel croissait le reste en gardant la base irrégulièrement plane, où le faîte se dressait en cônes et sphères en flèches. Avant de pleuvoir, le cumulus se gonflait en révélant une surface pleine de flocons effilochés et de protubérances ; parfois autour de son faîte se lovait rapidement un cirro-stratus, comme le bord d'un chapeau autour de la calotte, où restait discernable en lui le cumulus préexistant. Cette dernière mutation durait peu de temps, le cirro-stratus devenait vite plus dense, diffus, et, tandis que la partie supérieure du cumulus intérieur s'étendait et se répandait en lui, la base poursuivait comme avant et les protubérances convexes changeaient de position jusqu'à se placer latéralement et en dessous. Il se formait alors un grand nuage, le *cumulo-stratus, nubes densa, basim planam undique supercrescens, vel cuius moles longinqua videtur partim plana partim cumulata* (ce sont vraisemblablement les nuages dans lesquels tu as abouti), où le cumulus se dressait à travers les interstices des nuages supérieurs et l'ensemble, vu à l'horizon, vu par Howard, apparaissait sous l'aspect de montagnes recouvertes de neige, interrompues par des crêtes et des contreforts plus sombres, des lacs, des vallées, des rochers et des tours. Plus qu'un nuage, toute une récapitulation du paysage dans le ciel.

« Treviso radar. India Echo November pour un qudémike. »

« India Echo November, un zéro huit le qudéem. En légère dérive vers le sud. A neuf nautiques du VOR. »

Neuf nautiques, à la vitesse à laquelle tu allais deux minutes et demi, une vitesse que tu avais réduite encore, sans t'en apercevoir, non plus à cause des turbulences mais avec l'illusion qu'elle pourrait t'offrir un espace de manœuvre ou de fuite devant un obstacle imprévu ; sois sincère, tu ne te fies pas encore aux instruments, peut-être même pas au Contrôle, ni aux satellites, tu gardais une vitesse à peine supérieure au décrochage, dans lequel tout à l'heure tu étais tombé. C'est drôle, plus ou moins dans les mêmes années, tu avais découvert les mêmes images de décrochage d'un avion, la même photo dans la soufflerie d'une volute d'air en tourbillon sur le dos d'une aile aussi bien dans les manuels d'aéronautique, où elle était indiquée comme un événement terrible, le pire qui pût arriver, à éviter de la manière la plus absolue, que dans les livres de physique *up to date*, où elle était exaltée comme un exemple admirable de la théorie du Chaos ; certes, tu te sentais honoré que le décrochage fût considéré par la pensée contemporaine comme «un phénomène de point critique» et que nombreux fussent ceux qui, dans ces fumerolles blanches indiquant le détachement des filets fluides du dos d'une aile, citée photographiquement comme un caractère incontrôlable des turbulences, retrouvaient l'antique consubstantialité, l'être antique naturellement constitué d'ordre et de désordre, oh oui, une partie de toi-même participait avec enthousiasme à l'émerveillement devant le fait qu'un battement d'ailes de papillon à New York est en relation avec et cætera et cætera, tu aimais le hasard et les coïncidences, mais à toi, pilote, c'était le battement d'ailes qui te revenait ; ordre et désordre étaient la même chose, séparés simplement par une quantité, par un arc avant lequel et au-delà duquel régnait l'un et régnait l'autre, chaos contenant ordre contenant chaos, comme l'arc blanc et l'arc vert et l'arc jaune qui indiquaient sur tes instruments les vitesses de décrochage, l'arc des vitesses à l'intérieur desquelles un avion était un avion, et avant et après lesquelles il ne l'était plus. C'était à toi cependant qu'il revenait d'être le seigneur de cette petite marge, en admettant toujours que cela t'intéresse encore d'arriver sur le VOR, et peut-être aussi chez toi.

« India Echo November, vous êtes sur le Charlie. Descendez de trois mille à mille cinq cents. Signalez au contact visuel avec le sol ou avec l'eau. »

« Nous reporterons. »

En aucun autre lieu le mot ne te semblait aussi important, ou écouté avec une telle avidité, que dans le ciel ; le vol avait son alphabet, mineur comme le Morse ou le Braille, un alphabet sans ambition de créer des mots, un simple alphabet phonétique, non pas des symboles traduisant des lettres ni des lettres composant des mots, mais rien que des mots d'usage commun pour épeler sans équivoque les lettres de l'alphabet normal, Bravo pour B, Sierra pour S, un lexique au service d'un alphabet et non le contraire, Juliet, Charlie, Mike, Oscar, Romeo et Victor, six noms de personne, deux danses, le *fox-trot* et le *tango*, deux nations, le Québec et l'Inde, une seule ville, Lima, deux ethnies, Yankees et Zoulous, un hôtel, une liqueur, un uniforme, un mois pour tous les autres, november, une analyse clinique comme les rayons X. Un alphabet parlé afin que personne n'indique une lettre au moyen de ce pourquoi il avait une prédilection, éventuellement *flamenco* pour F au lieu de *fox-trot*, danse qui conjointement au *tango* devait être entendue comme la seule mondialement acceptée par quiconque parlait *via* la radio. Bien que cette langue te semblât au début cérémonieuse et extravagante, tu te rendis compte de son sérieux au fur et à mesure, c'était un langage à chaque fois définitif, le seul dans lequel une erreur ou un malentendu pouvaient ne pas avoir une occasion ultérieure d'être éclaircis. Le plus irréel des langages, le maximum de densité dans le minimum de mots, mais aussi le maximum d'imagination, puisque chaque mot dessinait instantanément une géographie de trajectoires, de positions, d'intentions, de provenances et de destinations, comme maintenant que le Contrôle est en train de parler avec un autre vol qui converge sur le même radiophare que toi, et te demande si tu as écouté, si tu as enregistré, si tu as compris ; des mots avec des conséquences, puisque d'elles dépendaient certaines questions fondamentales pour la vie, et avec un certain quotient d'honnêteté intellectuelle, car si tu essayais de mentir le Contrôle sortait aussitôt du langage de la procédure, et demandait familièrement : « En êtes-vous certain ? » Ton message avait toujours la même structure, qui tu es, d'où tu viens et où tu vas, où tu te trouves maintenant, où tu appelleras la prochaine fois et dans combien de temps ; le sien aussi, le message du Contrôle, était réciproquement toujours du même type : je sais où tu es, je sais où tu vas, voilà ta position et celle des autres en vol, voilà ce que tu dois faire, voilà où je m'attends à ce que tu me donnes à nouveau signe de vie.

Parfois, en parlant à la radio dans le ciel, il pouvait arriver qu'on ne reçoive pas de réponse, une panne, il était difficile pourtant d'établir à quelle extrémité de la communication, tu pouvais alors te trouver dans la nécessité de lancer des *blind messages*, messages en l'air, la procédure pour quand, ne recevant pas de réponse, n'entendant personne, tu ne peux pas dire avec certitude si quelqu'un t'écoute et que tu ne le reçois pas, ou si c'est ta radio qui ne transmet plus.

« India Echo November ? Pourquoi n'avez-vous pas commencé votre descente ? »

Je vais te dire pourquoi, parce que trouer les nuages ou le brouillard par le haut fait toujours peur, surtout les premières fois, il vaut mieux voler en cercle au-dessus du VOR en maintenant la hauteur. Tu regardes les petits drapeaux et les indices des instruments qui tournent sur eux-mêmes et disparaissent, tu veux être bien certain, le radiophare est une plate-forme en ciment et des antennes au niveau de la mer, dans un coin de lagune, tu descendras à la verticale, tour après tour.

« Treviso radar, India Echo November. Nous sommes en spirale sur le Charlie. »

« Descendez en spirale… »

Tu descendais continûment en spirale, tu quittais les nuages par cercles concentriques, c'est ainsi que tu étais monté, et c'est ainsi que tu descendrais, cinq cents pieds à la minute, en peinture les nuages avaient toujours servi à cela, relier ou partager le ciel et la terre, un rideau ou un ascenseur, cela dépendait, quelqu'un se penchait des nuages et parlait, quelqu'un montait d'ici-bas. Quel problème, les nuages! Pour les peindre les Chinois remplissaient leur bouche de poudre blanche et la soufflaient ensuite sur un ciel déjà traité à l'encre sur la feuille, comme si le portrait dût être fait de la même matière que son sujet.

« India Echo November, êtes-vous à nouveau en Victor Mike Charlie? »

« India Echo November? Vous voyez?… » demanda encore le Contrôle.

Tu ne voyais que l'altimètre, cinq cents, quatre cents, trois cents.

La mer surgit tout à coup à la fin d'un dernier tour, et avec la mer la ville et ta destination finale, nette et visible comme jamais elle ne t'était apparue.

Manœuvres de vol

Savoir tout, et même plus que tout, et transformer ce savoir en des gestes naturels, à mettre à exécution dans le minimum de temps et de façon instinctive, mais pas trop instinctive ; savoir jusqu'à ce que ce savoir devienne mouvements de la main, sensibilité des doigts aux instruments, sensibilité du corps aux positions dans l'espace, cœnesthésie. Savoir mais pas trop, ni être sûr de savoir, car l'erreur n'attend rien d'autre que ton assurance, et c'est là qu'elle attaque. L'erreur était la spécialité du pilote, ta discipline, ta matière. S'il y avait une compétence du pilote, c'était la compétence de l'erreur. De quoi vous occupez-vous ? D'erreurs, monsieur, rien d'autre que d'erreurs.

Bruno n'aurait jamais utilisé le mot cœnesthésie, et il n'aurait jamais parlé de ces choses, il n'en aurait pas parlé du tout, mais il voulait certainement que tu les entendes ainsi. Il n'y avait pas de notion qui n'eût son utilisation, aucune notion désœuvrée, pas même la plus abstraite ou stupide, la plus reculée dans les plis de la mémoire, des équations de l'aérodynamique aux avertissements aux navigateurs, *Notam* que tu lisais au dernier moment avant de décoller, pour y apprendre des dangers temporaires. Il n'y avait pas de notions principales et de notions secondaires, le savoir du pilote n'était pas un savoir hiérarchique, parce que l'erreur n'était pas hiérarchique, au contraire, l'erreur avait une conception fortement démocratique et égalitaire de la faute, de son point de vue la négligence d'un principe essentiel ou celle d'une petite exception dans la grammaire du vol étaient parfaitement équivalentes. Il n'existait donc pas d'erreurs principales et d'erreurs secondaires, toi en tout cas tu réussissais à en commettre des deux genres, avec un succès égal. Dans la vie se tromper de femme et se tromper d'ascenseur étaient des questions auxquelles on attribuait une gravité différente, mais dans la défaillance de la conduite d'un avion pouvait triompher un oubli insignifiant, ou qui dans l'ordre des faits de la vie aurait eu la même importance que d'oublier un parapluie. Cela était dû à quelque chose d'évident et de décisif, on ne peut pas s'arrêter en vol, il y a une parfaite réversibilité dans l'espace mais pas dans le temps, tu ne pouvais presque jamais revenir en arrière sur les procédures ratées, sur les manœuvres ratées ou oubliées, en aucun cas tu ne pouvais t'arrêter dans le ciel et faire ce que tu aurais d'abord dû faire à terre. Au décollage, en alignant l'avion sur la piste, tu essayais les freins parce que la prochaine fois où tu les utiliserais ce serait à l'atterrissage, à destination, quand, s'ils ne fonctionnaient pas, tu ne le découvrirais qu'à ce moment-là, en écrasant les pédales, et en sortant hors de la piste avec les pieds pointés ainsi. L'avion avait quelque chose de balistique, tu pouvais aller n'importe où mais le vol accomplissait de toute façon son destin, et ce destin était toujours de la terre à la terre, quelle que fût la forme corporelle dans laquelle tu y arriverais.

Bruno ne parlait pas de tout cela, ou si tu insistais il en parlait avec de rares verbes à l'infinitif, il en parlait seulement à table, de brefs infinitifs séparés par de longues bouchées silencieuses ; dans l'esprit de Bruno était gravée la carte en détail des aéroports, des couloirs aériens et des radiophares d'Italie, et superposée à celle-ci il y avait la carte des trattorie, pendant le vol Bruno disait à l'improviste atterrissons là, et ce là était un petit terrain d'aviation impossible à distinguer dans l'herbe, à Lugo di Romagna, à Thiene, à Massa Cinquale ou à Busto Arsizio où il était né, en tout cas peu distant du but, de la table de trattoria finale qui lui tenait à cœur. Mais même les soupes improvisées préparées par les mécaniciens sur un réchaud à gaz dans les hangars, au cours de journées grises et pluvieuses, tout en ne dérangeant pas son silence attiraient son intérêt. Lorsqu'il avait fini de manger et que la pluie avait cessé, Bruno se plaçait à l'extérieur de son bureau comme les vieux dans les villages, assis sur une chaise adossée au mur de la pompe à essence, et il restait là en un rapport particulier avec les nuages et avec l'air. Tu marchais sur l'esplanade déserte en attendant que le ciel s'éclaircisse, tu te perdais en de longs discours imaginaires que la confidence impossible t'empêchait de développer à haute voix ; tu lui disais tu vois Bruno, quand en plein ciel tu tires les manettes et que tu dis calmement «panne moteur!» et que tu allonges le bras au-dessus de mon manche et interromps les magnétos et que l'hélice s'arrête, moi pendant un instant je regarde cette épée immobile sur l'horizon, en frissonnant, puis je commence à faire ce qu'il faut faire. Le silence dans la cabine est aussi sonore qu'une voix, mais tu ne parles pas, tu ne contrôles même pas mes mouvements, tu les sens à notre assiette, à la façon dont j'essaie de te reconduire lentement à terre, à la manière dont je laisse aller l'avion et nos corps, en tentant une inclinaison adéquate, à la manière dont je l'abandonne et le reprends ; et lors d'après-midi comme celui-ci, dans l'attente de pouvoir voler, je les révise par cœur, je révise les décrochages et les virages serrés et les tombées en vrille et il se peut qu'à présent je sache mieux les faire, regarde les vrilles et les loopings que j'arrive à faire maintenant. Tous les soirs je sors le dernier de l'aéroport en emportant avec moi ce que j'ai tiré pendant le jour de cette pratique pressante de la chute et du déséquilibre, ou si tu préfères de l'équilibre à l'extrême limite. Je voudrais pouvoir l'appliquer ailleurs, aux manœuvres dans la vie, mais pourrais-je t'en parler jamais, Bruno ? et comment ? Tu restes assis contre la pompe à essence, un chat et son radiateur, les bras croisés tu regardes le ciment de l'esplanade crevassé par les racines et les herbes, c'est un vieil aéroport que celui-ci, un aéroport fatigué, qui sait ce que tu attends, en des après-midi comme celui-ci : les vieux aéroports sont si étranges, parfois dans les vieux aéroports ceux qui devaient arriver et qui ne sont jamais arrivés semblent être là, invisibles, invisibles et les valises à la main, ils attendent que leurs parents viennent les chercher, tout comme un soir, qui sait quand, leurs parents ont attendu, désespérés, qu'ils arrivassent, sans que jamais ils n'arrivent. Mais ce n'est là qu'un seul des terribles exemples du fait de ne plus se rencontrer. Hallucinations innocentes, Bruno, si je t'en parlais peut-être finiraient-elles ou non dans mon dossier médical. As-tu songé à ce qui se passerait si dans la vie on pouvait faire comme en vol ? si même dans les choses de la vie on pouvait avoir la même réversibilité ; dans le vol tout est basé sur la circularité du compas, chaque point peut être utilisé à l'endroit et à l'envers, chaque calcul de navigation a son calcul opposé, chaque référence ne constitue pas un choix de valeur mais uniquement de position, et nous pouvons aisément le renverser, nous naviguons par éloignement, avec les instruments qui indiquent la route à partir de notre provenance, décroissante, et nous naviguons par rapprochement, avec les instruments

qui poursuivent un but, une arrivée. Dans le vol notre téléo-
logie fonctionne même à l'envers, ce n'est pas seulement tendre
vers quelque chose, mais aussi tendre à s'éloigner de quelque
chose, une provenance, bien que notre sensation ne soit pas
celle d'un simple «passé», plutôt celle d'un fil conducteur derrière nous, *track*, qui en se dévidant nous entraîne en quelque
lieu ; c'est le petit drapeau rouge que je vois tous les jours se
renverser dans la petite fenêtre des instruments en volant et
suivant des radiales dans toutes les directions, en partant d'un
point que je peux considérer comme départ ou arrivée, indif-
féremment : sur le RMI est écrit *To* ou est écrit *From*, c'est
selon, des mots mobiles en éloignement ou en rapprochement,
et si ce n'est pas *To* ou *From* sur le RMI est écrit *Off*, trop éloi-
gnés de n'importe quel signal pour le recevoir. Si je pouvais,
même dans la vie, prendre n'importe quel rayon et être libre
de le parcourir aussi bien *To* que *From*, d'ailleurs le signal du
radiophare va, quoi qu'il en soit, dans une seule direction, de
sa propre source hors de lui, du radiophare vers l'infini comme
une lumière côtière, signal uniquement d'origine, signal de
From, mais moi je peux aussi le parcourir vers lui, sauf que dans
ce cas les indications de l'aiguille sont inversées, ou comme
tu le dis, Bruno, «anti-instinctives». Le nord c'est le nord, bien
qu'il ne soit pas le seul, mais c'est une simple référence, chaque
degré du compas jouit d'une dignité égale, n'importe quel point
de la terre est contemporainement origine et fin du voyage,
renversé à chaque fois, et suivant l'occasion. Si je pouvais
accepter que ce qui compte est seulement le tracé, ou plutôt
le «trajet» comme tu appelles le parcours, sans nostalgies du
départ ni de l'arrivée ; ou bien savoir que départ et arrivée
peuvent être à chaque fois la même chose, coïncider. C'est peut-
être pour cela qu'on vole, Bruno, pour cette petite satisfaction

que donne chaque fois le partir-arrivant, l'arrivée dans l'acte même du départ, et pour l'idée d'avoir accompli au moins ceci : on a l'impression d'avoir fait quelque chose, même si ce qu'on a fait ce ne sont que des milles. (Tout cela a été dit par tant de livres, de livres et de maîtres non aéronautiques, mais je n'ai jamais réussi à l'appliquer dans la vie sans un résidu de douleur et de nostalgie, ces choses peuvent être digérées avec l'esprit mais on ne parvient jamais à les assimiler jusqu'au fond avec le cœur, j'y arrive avec bonheur seulement dans le vol, parce qu'elles sont la structure et la nécessité du vol, et on ne pourrait pas faire autre chose.)

Tu sais, Bruno, il y a tant de choses dont j'ai l'illusion de pouvoir les prendre ici, de ce vieil aéroport, ici chaque situation a sa procédure, tu la montres ou tu attends que chacun de nous en ait l'intuition et la répète jusqu'à ce qu'elle devienne instinctive, mais pas trop instinctive ; comme la façon de regarder quand nous volons la nuit, et que tu nous apprends à observer les lumières des villes ou les silhouettes et les reliefs lumineux en gardant le regard au-dessous ou de côté, jeunes filles pudiques ou évasives, afin que les choses se montrent pour ce qu'elles sont et non comme elles apparaissent, regardez loin du centre, dans les vols de nuit résistez à la tentation de fixer les lumières, pour voir les choses dans leurs dimensions il est opportun, la nuit, ou avec peu de lumière, de garder le regard légèrement sur le bord, tu appelles ça « vision périphérique ». En vol, maintenant, cela me réussit bien, mais dans la vie, Bruno ? je continue à regarder en vis-à-vis, frontalement, en restant écrasé par la vision, en la fixant stupéfait, de sorte qu'une seule scène ou un souvenir ou une obsession encombre tout le champ visuel ; il y a certainement quelque part une périphérie du regard d'où tout peut être reconduit à sa juste mesure, une manœuvre des yeux qui contourne et replace les choses avec leurs proportions, mais pour moi il est si difficile de la trouver. (Je commence même à penser que cette façon d'être écrasé a son utilité, que cela sert d'accumulateur, que c'est un rythme, bien que toi aéronautiquement, opérationnellement, tu ne puisses en aucune façon être d'accord.) Dans le vol il n'y a presque rien de direct, chaque chose pour apparaître centrée et immédiate doit être préalablement corrigée et compensée, son être au centre est préparé par un décentrement et un écart intentionnels, si je vole avec un vent latéral ou de travers je dois mettre le cap dans le vent, dans sa provenance et même plus, peut-être trente quarante degrés loin de la route, ce n'est pas ma direction, mais c'est seulement en naviguant avec le cap dérouté que je peux me maintenir sur ma route, garder la trace qui est la mienne. Et ce décentrement dû aux courants en altitude n'est qu'une partie d'un déplacement plus complexe et scrupuleusement exact : pour parvenir où je veux arriver je navigue selon la différence de trois nords, magnétique, géographique et celui du compas de bord influencé par les métaux de l'avion. Chaque nord doit être ajouté ou soustrait aux autres, à ma route, au chiffre final que je poursuivrai sur les gyroscopes, misant sur ce chiffre comme un joueur ; pour parvenir où je veux arriver je mets le cap dans une tout autre direction, en suivant une route imaginaire qui conduit ailleurs, en un lieu qui n'existe que dans le magnétisme terrestre, dans les calculs et dans le vent. Je n'ai aucune autre façon pour coïncider avec ma destination.

Bruno ne disait rien, sur le terrain glissait un ciel bas de nuages ourlés, dans les hangars le bruit du métal percuté fournissait un rappel temporaire à la réalité, derrière les vitres assombries de la tour on percevait les profils des contrôleurs, quelques rares cigarettes, en attente ; la lenteur de l'après-midi semblait avoir déconnecté les activités, en les réduisant au minimum, chacune enveloppée dans son silence spécifique, le silence des agents des douanes en uniforme à la porte du bar qui regardent muets l'écriteau où quelqu'un a écrit à l'ordinateur « avant d'ouvrir la bouche s'assurer que le cerveau est relié » (ce doit être à cause de cette crainte que tu ne parles pas), ou le silence de Bruno avec ses bras croisés et sa tête penchée, ou ton silence bavard, de toi qui ne cesses d'aller et venir devant lui et ne trouves pas comment lui dire ce que tu voudrais lui dire, que par exemple tout prévoir et calculer ainsi n'est pas dans ton tempérament, Bruno, que j'aimerais mieux découvrir le voyage une minute après l'autre, en le réalisant, en faisant face aux circonstances au lieu de vivre chaque vol avant même de monter à bord, et devoir toujours être ensuite, en cours de route, par l'imagination quelques milles et quelques minutes en avance sur l'avion. Dans la vie, autrefois, je savais instinctivement ce que je devais faire, et pourtant je me contraignais à examiner lentement l'éventail de toutes les opportunités pour revenir ensuite à celle dont j'étais persuadé depuis le début ; mais par instinct ou par raisonnement tout s'achevait de toute façon dans l'erreur, encore plus quand je croyais avoir bien fait, autant alors se tromper par instinct, se tromper tout de suite, se tromper à l'improviste, au moins on arrive vite au résultat. Mais dans le vol l'instinct aussi est un thème de travail, quelque chose qui doit être étudié, contredit et utilisé à l'envers. Manœuvres « anti-instinctives » tu les appelles, par exemple dans le décrochage, quand tu sens que l'aile s'effondre, et que l'avion commence à vibrer, et que l'alarme sonne ou qu'une voix digitalisée répète en cabine *Stall ! Stall ! Stall !* en anglais, langue aéronautique officielle même pour les mauvaises nouvelles, à ce moment ton cœur te dicte de tirer le manche, tirer et tenir haut le nez qui tombe déjà ; si tu fais ça, en suivant ton instinct, l'aile perd définitivement l'air, l'avion et nous tous à l'intérieur nous nous transformons tout de suite en un poids quelconque. On peut entrer en décrochage pour plusieurs raisons, par distraction, par représentation mentale mauvaise ou incomplète de l'état des choses, à cause d'accidents extérieurs comme le givre, mais on ne s'en sort qu'en se laissant tomber, en favorisant le décrochage contre toute impulsion, en faisant plonger le nez, en accompagnant la chute, jusqu'à reprendre de la vitesse, et de l'air. De même dans la vrille, dès que tu entres dans la spirale tu commences aussitôt à tourner le manche dans le sens opposé à la rotation, et puis frénétiquement dans un sens quelconque pourvu que cela s'arrête, l'aile de la sorte perd encore le peu de portance qui lui restait, et il n'y a pas moyen de s'en sortir. Ne jamais utiliser le manche, recommande la doctrine, contrarier l'instinct, la vrille doit être bloquée avec les pédales et avec la gouverne de direction, la dernière à perdre son efficacité en de telles circonstances. On peut tomber en décrochage ou en vrille pour plusieurs raisons, par distraction, par erreur, par perte de portance, ou à cause d'une représentation inexacte de sa propre position, peut-être en rapport à la position des autres, ou bien pour s'être concentré sur un seul aspect des choses, en tirant de cela chaque image, chaque signification, chaque chemin, dans la vie aussi il y a des moments d'urgence où l'instinct fait pression avec des réactions immédiates et décisives, des moments de décrochage où nous essayons encore de monter et de nous tenir droits en hauteur et la seule voie d'issue serait au contraire de se laisser glisser, des moments où nous fixons les choses frontalement et visons droit à leur cœur, alors que la seule trajectoire raisonnable serait celle, excentrée, qui conduit vers la marge, qu'il faudrait suivre avec délicatesse le long du bord sans sortir à l'extérieur, et des moments où en tombant en vrille nous nous agitons désespérément sur les commandes, en accentuant de plus en plus la chute. Toi Bruno, naturellement, tu suggérerais des « manœuvres anti-instinctives » ! Mais rien ne dit qu'on arrive à toujours faire le contraire, ni qu'on veuille vraiment s'en sortir, dans la vie ; instinct et non-instinct peuvent être entrelacés ou renversés, l'envers a un envers à lui qui n'est pas toujours l'endroit. Dans le vol aussi, en effet, il existe une zone mystérieuse, la seule qui ressemble à tout cela, la zone aérodynamique où l'on conduit avec des commandes inversées, des conditions extrêmes, quand les rapports entre vitesse et puissance parviennent à un seuil au-delà duquel on passe à un régime différent, par « commandes inversées » justement, et si tu veux monter tu dois pousser le manche vers le bas, et si tu veux descendre tu dois le tirer vers toi, ce n'est pas facile à comprendre, ce n'est pas facile de se rendre immédiatement compte qu'on a pénétré dans cette zone. Tu ne te rends pas toujours compte que ce qui t'est demandé est exactement le contraire de ce que l'on veut de toi, que la véritable question est l'opposé de sa formulation ; en vol, si tu t'en rends compte à temps, tu peux t'en sortir, mais en amour, même si tu parvenais à comprendre que tu es dans le domaine des « demandes inversées », et même si tu avais la force d'inverser à ton tour les réponses et les gestes, dans tous les cas tu ne t'en sortirais pas, ni toi ni elle, on ne sort pas de l'amour par des demandes inversées, parce que trouver une réponse inversée ne refoule pas de toute façon la douleur ni l'empêchement qui a renversé la question.

Nous volons par images mentales, Bruno, en les sécrétant à

chaque instant, en visualisant des positions par rapport à un ciel et à une terre qui ne sont plus visibles, des positions que nous imaginons à travers un acte, si tu me passes le mot, d'une fantaisie bien calibrée, très bien calibrée, il en va de la vie ; petites hallucinations tirées des instruments, élaborées les unes après les autres le long de la route, hallucinations que ne suit ni un rêve ni un abandon ni une description mais simplement une manœuvre, œuvre des mains pour aller en quelque endroit. Certes, l'imagination bien calibrée a des soutiens, les instruments de bord qui remplacent peu à peu le monde réel, le monde au-delà du pare-brise que l'on ne voit parfois plus, les six instruments fondamentaux pour la conduite d'un avion, chacun décrit une « vérité » sous forme directe et au moins deux autres fois sous forme indirecte, chaque instrument est tour à tour primaire dans une manœuvre et secondaire dans les autres, comme dans un jeu chinois, ou dans une combinaison infinie à partir des mêmes éléments, ou dans ces récits où chacun des personnages ne connaît qu'une partie de la vérité. Je parle de « vérité », Bruno, seulement parce que tu insistes en disant que c'est ainsi qu'il faut croire aux instruments ; mais ce n'est pas sans un léger frémissement qu'en trouant les nuages je me résigne à considérer comme « vérités » quelques petites boîtes en métal et plastique montées sur le tableau de bord, chaque fois il me faut un petit acte de foi, et un petit acte d'oubli.

L'état d'urgence devient alors lui aussi une habitude, c'est une discipline : comment rendre normal et praticable ce qui est un ultimatum absolument dramatique. On se rend bien vite compte que là où l'on penserait qu'il n'y a plus rien, il y a encore un temps très rapide qui peut être dilaté à force de concentration sur chacune des secondes qui le composent, seconde par seconde, un espace très réduit qui peut être étendu en le subdivisant en gestes et opérations dont chacune vaut encore des mètres dans le ciel, et des pieds de hauteur maintenue. Entre être et ne pas être encore en vol il y a une zone franche de secondes, de milles, d'altitude, c'est là notre zone, Bruno, c'est là que nous travaillons, c'est là notre place. Il y a tout le temps, dis-tu toi en m'éteignant le moteur dans le ciel, et alors que je l'utilise le plus possible tu me demandes : et si au lieu d'un « lâchage » il t'arrivait un incendie du moteur ? Je te réponds en suivant le manuel, pompe off, réservoir off, ne pas essayer de faire redémarrer le moteur, et cætera, je te décris une manœuvre en même temps que j'en fais une autre pour nous tirer de la situation dans laquelle tu nous as plongés, mais tu sais, Bruno ? je pense qu'en réalité cela dépend, si cela m'arrivait à moi ? cela dépend vraiment, avec des passagers à bord je me donnerais un mal d'enfer à chaque seconde pour les ramener à terre, mais si j'étais seul, si j'avais la certitude qu'il n'y a qu'une minute et c'est tout, je ne la gaspillerais pas comme ça, je ne sais pas si je lutterais à la limite, Bruno, je préférerais laisser courir, me concentrer avec tendresse sur les personnes que j'ai aimées, m'excuser auprès d'elles pour ne pas avoir été à la hauteur, plutôt que de partir d'ici en manœuvrant frénétiquement sur un tableau de bord d'avion.

La connaissance du pilote a une finalité, qui n'est pas immédiatement celle de conduire un avion, mais tout d'abord de produire des images de l'état des choses et de leur avancée continue et d'avoir des comportements adéquats, si bien assimilés qu'ils apparaissent immédiats et naturels dans une expérience où rien n'est naturel. Tu sais cela très bien, Bruno, mais tu n'en parles pas, comme tu ne parles pas de tout le reste. Le naturel de l'innaturel requiert une attention particulière, et doit être entretenu, il faut l'utiliser constamment, c'est comme un chemin dans la végétation qui se recouvre dès qu'il cesse d'être parcouru, ne pas l'utiliser signifie en perdre des morceaux, la connaissance du pilote est un apprentissage qui ne finit jamais, c'est ce à quoi servent les contrôles infinis auxquels toi comme toute autre autorité aéronautique tu nous soumets, quels que soient l'âge et l'ancienneté de vol, c'est ce à quoi sert vraisemblablement le fait que chaque chose a un brevet, une habilitation, une licence d'exploitation. Et tout se périme, Bruno, ici chaque chose a une durée temporaire, meurt périodiquement, pour la renouveler il faut démontrer que ce savoir a été utilisé, mis en pratique pendant des heures et des jours et des mois et des années, et des vols, et des heures dans le ciel, et des heures de commande. Le savoir dont tu es maître, Bruno, est le plus sujet à vérifications, c'est peut-être le seul dont la validité est toujours révocable à moins qu'on puisse démontrer qu'il a suffisamment été utilisé, c'est certainement le seul qui porte inscrite sa date d'échéance, comme le lait.

Pour m'aider dans cette marge continuellement réversible, j'ai un petit livre de prières, un livre mineur, comme étaient mineurs les livres à la lecture desquels je m'adonnais dans mon enfance, guides et manuels. Chaque matin je monte dans l'avion et ce que je fais en premier c'est d'ouvrir ce bréviaire. Le texte prévoit pour chaque sujet une question et une réponse, il faudrait le réciter à deux mais ça va aussi tout seul, comme cela arrive de plus en plus souvent, il suffit de jouer les deux rôles à la fois…

— *Master switch ?* On.
— *Anti-collision beacon ?* On.
— *Flaps ?* 10 degree.
— *Parking brake ?* On.

– *Radios ?* Tuned and checked.
– *Instruments ?* Set as required.
– *Trimmer ?* Neutral.

Comme d'autres formes de prière, celle-ci aussi a son côté manuel, concentré sur les interrupteurs. Et de même qu'il existe des prières pour chaque moment de la journée, de même chaque phase du vol a sa liturgie propitiatoire, avant l'allumage des moteurs, avant de rouler, après le décollage, pendant la croisière, pour l'approche finale, pour l'atterrissage, pour le parking, et naturellement des prières très particulières pour les états d'urgence, dont les pages dans le bréviaire sont bordées de bandes rouges, pour les trouver plus rapidement si l'occasion le requiert. Que la check-list soit louée, Bruno, c'est un petit livre très modeste mais de la plus grande utilité, livre qu'aucun de nous ne possède, malheureusement ou heureusement, pour les manœuvres et les urgences dans la vie.

Voilà ce que tu aurais aimé lui dire, et maintenant il te semble que ce pourrait presque être le moment, presque, en cet après-midi d'attente où la météorologie ne s'améliore décidément pas et où il apparaît évident que tu ne voleras pas, tu pourrais vraiment rompre ton silence et lui en parler. Tu t'approches de la pompe à essence. Bruno dort, il dort depuis longtemps, si profondément qu'il ne s'est même pas aperçu de la légère pluie qui a recommencé à tomber en rayant avec quelques gouttes son crâne chauve.

Unreported inbound Palermo

(S'il y avait ici un chapitre sur Ustica, ce devrait être l'histoire de l'avion. Ce serait l'histoire d'un avion qui a fini au fond de la mer puis est remonté à la surface des eaux, une créature de métal engloutie dans les abysses et resurgie, comme dans un récit mythique, quelque chose fait pour l'air et qui a fini dans l'eau, l'eau serait pire que toute autre chose, pire que la terre ou une montagne, contraste criant, l'eau fait davantage peur, trois mille mètres au-dessous du niveau de la mer, trois mille sept cents, puis remontée de la mer pièce par pièce, et chaque pièce remontée avec soin autour du simulacre, comme on appelle le faux squelette dans le hangar, l'ossature auxiliaire sur laquelle on a fait adhérer chaque pièce en calquant la forme de l'avion. Ce serait une histoire qu'il faudrait intituler *Les Tégés*, comme s'il s'agissait d'un peuple ancien ou d'arbres séculaires, et non de pièces de métal émiettées et recomposées. Dans l'air, au fond de la mer, enfin à terre. Et quand repartons-nous ? « Bologna Ground, prêt pour l'allumage des moteurs », « Itavia 870 autorisé, température 24, stop horaire sur l'heure. Avez-vous le dernier bulletin ? » et dans le silence du hangar, la nuit, on pourrait entendre un suintement continu et lent, comme si la mer qui des années durant a fait pression sur les molécules de métal, une fois qu'elles sont à terre et au sec, continuait à en sortir, goutte à goutte, et que l'avion ne cessât jamais de s'en libérer. « Itavia 870, autorisé à Palerme via Florence, *Ambra 13*, montez et gardez le niveau de vol 190. Collationnez et appelez prêt », I-TIGI, *Les Tégés*, India Tango India Golf India, serait le récit à la première personne fait par le métal lui-même, quelque chose qui était d'abord un avion, puis aboutit au fond de la mer et en resurgit, et fut à nouveau, ensuite, un avion, créature métallique recomposée ; mais tout ne revient pas entre son être avion avant et avion après, il manque quatre-vingts personnes environ, si l'on compte les passagers et l'équipage. « Itavia 870, le décollage à 08, passez avec Padoue Informations », « Itavia 870 nous passons avec Padoue dès maintenant, au revoir Bologne », un événement qui revient en arrière en s'enroulant à nouveau, ces petits films où une bouteille de lait explose en mille morceaux en faisant jaillir le liquide épais puis chaque éclat reparcourt l'espace et le temps en sens inverse et reprend sa place, en se reconstruisant, et même le liquide, goutte à goutte, reflue dans la bouteille. Mais dans cette opération où l'événement se défait et se refait il manque quelque chose, qui manquera à jamais. « Bonsoir Padoue, ici Itavia 870 », « Itavia 870, poursuivez suivant autorisation, rappelez Florence ». La caméra sous-marine devina sur le fond marin, comme une traînée, cinq lettres de l'alphabet, I-TIGI, peintes en vernis noir sur le ventre de l'aile gauche, et il n'y eut plus aucun doute, les Tégés étaient là, la queue quatre kilomètres devant la cabine de pilotage. « Bonsoir Rome, ici l'Itavia 870 », « Bonsoir à vous aussi, Itavia 870. Je vous écoute », « Itavia 870 verticale Florence, niveau 160 en montée vers le 190. Nous estimons Bolsena à 34 », « Itavia 870, reçu. Affichez 1236 au transpondeur. Autorisé Palerme via Bolsena, Puma, Latina, Ponza, *Ambra 13* », « 1236 affiché. Prêt pour plus haut Itavia 870». «Itavia 870, contact radar. Montez initialement au niveau 230. Un autre avion de ligne vous précède, 6 milles en avant, niveau 250», «Rome, l'autre avion est en vue». Les Tégés reposaient là, non loin d'un bateau romain chargé de verres, d'un vaisseau avec des canons du XVIIᵉ siècle, d'un chasseur Messerschmitt de la Seconde Guerre mondiale, mémoires de l'histoire des transports, musée involontaire au fond de la mer. «Itavia 870, changez de cap à droite, cap 170. En maintenant la montée, autorisé niveau 290. Reprenez navigation normale pour Bolsena en passant 260», «Itavia 870 monte à 290, quitte 190». Au début l'écho du sonar dessinait sur les plotters le contour de masses magnétiques incertaines, abstraites, dont la probabilité était imaginée comme haute moyenne et basse, probabilité qu'il s'agissait d'un objet de fabrication humaine et non géologique; puis dans la vision des caméras chaque pièce devint un objectif numéroté, et à l'instant, enfin, où les grues les déposèrent, ruisselant d'eau, sur le pont, leur nature se stabilisa en pièces répertoriées. «Rome, Itavia 870 traverse 245 avec trafic en vue, pouvons-nous prendre un cap par la gauche?» «Affirmatif, Itavia 870. Poursuivez sur Bolsena.» A l'est de la route, puisque l'avion se disloqua soudain vers l'est et c'est ainsi qu'il tomba en mer (on ne croirait pas que même au fond de la mer il y a des points cardinaux), les deux moteurs furent retrouvés, à un quart de mille l'un de l'autre, plus à l'est, à un mille, les ailes et le fuselage, encore plus loin, à un mille et demi, la gouverne de direction, à deux milles plus à l'est la partie arrière du fuselage et un morceau de l'aile gauche, qui s'était détaché non au cours de l'impact mais pendant la très forte accélération lors de la chute, encore plus à l'est un réservoir arrivé qui sait d'où, et puis, très loin, la partie terminale du fuselage, les six derniers hublots de droite, les six derniers de gauche. «C'est Itavia 870, bonsoir Rome», «Itavia 870 calling?», «Yes, good evening, this is Itavia 870 maintaining 290 over Puma», «Roger, Itavia 870, proceed Latina-Ponza». Tout ce qui était à l'arrière finirait devant et *vice versa*, quel que fût ce qui les eût précipités à la mer, les Tégés s'étaient déposés sur le fond en ordre inverse de celui avec lequel ils volaient à ce moment-là, le long d'un couloir d'environ dix kilomètres de débris. Chaque petit détail était une déduction, les instruments de bord comme les tapis et la moquette, tranchée net à la hauteur de la quatrième rangée de sièges. Que savent les objets des complots et des actions? Que savent-ils des commanditaires et des exécutants, les objets sont là. Ce serait l'histoire de l'avion, parce que l'avion connaît son histoire, combien sont-ils dans le monde ceux qui la connaissent? en l'absence de mots, ce serait une histoire de choses, histoire de métal, métal blessant et métal blessé, le fuselage sait ce qui a produit une fracture inégale juste avant la queue, l'aileron gauche de la gouverne de queue sait ce qui lui a ouvert une coupure en forme de croix sur le bord, de même que le flap droit connaît certainement ce qui l'a perforé et la nature des petites billes de fer trouvées dans les tôles encastrées, la porte latérale sait ce qui a plissé son revêtement extérieur (*skin*, en anglais dans la classification des pièces, «peau») vers le dehors, les rivets arrachés savent si c'est la vitesse de la chute ou la dépression d'un grondement qui les a arrachés. «C'est Itavia 870, bonsoir Rome», «Bonsoir Itavia 870, gardez le niveau 290, vous rappellerez sur *Ambra 13 Alpha*», «Oui, même Ponza ne marche pas?», «Pardon?», «Nous avons trouvé un cimetière ce soir, à partir de Florence il n'y a pratiquement pas un radiophare qui marche», «En effet tout est un peu en dérangement, y compris Ponza. Quel est votre cap actuellement?», «Nous maintenons 195», «D'accord, maintenez, vous irez un peu plus au sud de Ponza de quelques milles», «Bien, merci», «De toute façon vous pourrez encore garder 195 pendant une vingtaine de milles et pas plus, il y a beaucoup de vent d'ouest, à votre niveau il devrait être d'environ 100-120 nœuds», «Oui, en effet nous avons fait quelques calculs, ce doit être quelque chose comme ça». L'encadrement de la porte des toilettes sait ce qui l'a aplati de la sorte, si c'est une onde de choc quand l'avion était encore en vol ou la gouverne de direction en pénétrant dans le fuselage au moment de l'impact dans la mer et en cassant tout ce qu'elle rencontrait, le tapis numéro cinq sait ce qui l'a arraché, chaque bout de métal ou de plastique ou de tissu sait quel autre objet, quel éclat, et de quoi, l'a réduit de la sorte. «C'est Itavia 870, est-il possible d'avoir... le niveau 250?», «Affirmatif, vous pouvez descendre même maintenant», «Merci, nous quittons 290». Les Tégés ne revinrent pas à la surface tous ensemble, mais à plusieurs reprises au bout de quelques années (entre-temps les morceaux restés en bas se sont-ils sentis abandonnés?), d'abord la cabine de pilotage fondue avec la roulette de nez, l'aile droite, le réacteur gauche, des éléments du fuselage, la porte de service avant, quelques cloisons de la soute à bagages, l'enregistreur de conversation, des sièges, des bouées de sauvetage, de menus et très petits fragments. Ainsi, avec le temps, l'avion se recréa dans le hangar, on ouvrait les caisses au fur et à mesure qu'elles arrivaient, on disposait les morceaux sur le ciment, on procédait à la reconnaissance des pièces, on montait le cône sur l'échafaudage, pour le fuselage on commençait avec les couples et les cadres de la structure, comme la première fois dans l'usine, «Itavia 870 disons que vous avez quitté Ponza trois mille sur votre droite, donc, pour

Palerme, on peut dire que ça va bien ainsi », « Très aimable, merci, nous approchons de 250 », « Parfait Itavia 870, en tout cas avertissez dès que vous recevez le VOR de Palerme », « Oui, Papa Alfa Lima nous le recevons et l'avons affiché et ça va. Et nous avons le DME de Ponza », « Parfait, alors navigation normale pour Palerme. Gardez 250, vous rappellerez sur Alpha ». Qui sait quelles émotions ont dû retenir ceux qui faisaient ce travail (et quel modeste réconfort aura été l'idée que le travail c'est le travail, ou qu'ils travaillaient, en quelque sorte, pour la « vérité »), chaque pièce avait sa fiche signalétique, les manuels d'entretien et les plans de construction aidaient à la replacer à l'endroit où elle devait être, et au début chaque pièce pendait avec cette fiche du châssis près des vides de celles qui manquaient, et au fur et à mesure que l'avion reprenait corps on voyait ce qui manquait et ce qui était là, et où il était le plus détruit et où il l'était le moins, l'avion commençait à se laisser lire comme un texte fragmentaire, chaque pièce s'offrait au récit d'une possibilité de l'événement, la partie latérale droite ayant beaucoup plus souffert que la gauche, le métal n'avait pas rouillé même pas sur les fractures, les couleurs de la compagnie semblaient fraîches, il y avait encore les taches noires des échappements des moteurs ; hormis le fait que chaque pièce ne correspondait plus avec les autres, parce que justement elle gardait son histoire particulière, c'est-à-dire sa déformation particulière. « Itavia 870 est sur Alpha », « Affirmatif, légèrement déplacé sur la droite, disons… quatre milles. De toute façon le service radar s'achève ici. Appelez Roma Aerovie sur la fréquence 128. 8 pour d'autres informations », « Merci pour tout, bonsoir », « Bonsoir, Itavia 870 ». Et au moment où les pièces se rejoignaient, au moment où elles se retrouvaient après des années et des milles de distance et de séparation, l'événement n'était pas immédiatement restitué à la vue, même si chaque partie en gardait la mémoire, parce que l'avion, tel qu'il était à présent n'était pas tel qu'il était au fond de la mer, et sur cette disposition, sur la carte des épaves en mer, commençaient la lecture et l'interprétation, l'avion s'était cassé en vol, et chaque pièce avait poursuivi sa parabole personnelle de vingt-cinq mille pieds à zéro, ou bien il était descendu moteurs éteints en se déchirant à l'impact, et c'était l'impact et rien d'autre qui avait produit chaque blessure spécifique, et c'étaient les courants aériens et ceux de la mer qui avaient produit la dérive. « Rome, bonsoir, c'est Itavia 870 », « Bonsoir Itavia 870, allez-y », « Cent quinze milles pour Papa Romeo Sierra, nous maintenons 250 », « Reçu Itavia 870, pouvez-vous nous donner une estimation pour Raisi ? », « Nous estimons Raisi à 13 », « Itavia 870 reçu, autorisé à Raisi VOR, aucune attente n'est prévue. Rappelez-nous pour la descente », « Pour Raisi aucune attente, nous rappellerons pour la descente », « C'est confirmé ». Sans doute par égard, les sièges ne furent jamais remontés, l'intérieur de l'avion était un plancher placé sur le châssis du sol d'origine, dans la mesure où il avait été possible de le reconstruire, sur lequel était placée la moquette, et au-dessus du tout un tunnel constitué par le fuselage, complètement défoncé à l'avant et à l'arrière. « Itavia 870, quand vous êtes prêts, autorisés au niveau 110. Rappelez en libérant 250 et en passant le 150... Itavia 870 ? » De temps en temps, dans le hangar, les parents se réunissaient autour des Tégés pour témoigner de leur douleur ou pour rendre compte des actions entreprises afin d'obtenir justice et connaissance de la vérité, et à ces occasions les Tégés, après avoir été un vol de ligne, après s'être dispersés en tant qu'épaves, puis avoir été repêchés et remontés sous forme d'avion, devenaient un monument funéraire ; pour qui aurait observé cela sans connaître l'histoire, pour qui aurait vu ces pauvres gens recueillis dans un hangar autour d'un avion en morceaux, cela eût été une image si douloureuse, si incompréhensible, et à ces occasions à l'intérieur de l'avion, ce n'étaient plus les experts qui marchaient sur le plancher, mais les carabiniers, les autorités et quelques photographes. « Itavia 870, vous recevez?... » Avec le temps, même les dernières pièces arrivèrent, le dernier fragment de cadre, la dernière pièce *stringer*, le dernier bout de revêtement riveté, les Tégés furent presque complètement réunis, presque. Et quand repart-on? « Itavia 870, ici Rome, vous nous recevez?... » L'enregistreur de vol, et le dernier des gilets de sauvetage, et le dernier des masques à oxygène, et le châssis de la porte de devant avec un montant du parebrise de la cabine de pilotage, et une pompe à carburant, et un longeron avec revêtement et rivets, et un siège, et une porte à poignée circulaire vinrent à la lumière, « Itavia 870, Rome?... Itavia 870, ici Rome, vous nous recevez?... », et une boîte électrique, et trois tuyaux oléodynamiques, et un conduit écrasé, un élément du tableau de bord, un vérin avec ressort, un siège avec ceinture, « Itavia 870, vous nous recevez?... Itavia 870, ici Rome, vous nous recevez?... », un morceau de tôle bleue avec un instrument, et un bout d'aile avec des clapets et des tuyaux, et une boîte noire électrique/électronique, un hublot en plexiglas, un morceau de structure du fuselage avec la plaque « Douglas », et un emboîtement noir avec une fixation de conduit, et un récipient gris-vert avec des fixations électriques, « Air Malta 758, this is Rome control », « Rome go ahead », « Air Malta 758, please, try to call for us, try to call for us Itavia 870, please », « Roger, sir... Itavia 870... Itavia 870, this is Air Malta charter 758, do you read?... Itavia 870... Itavia 870..., this is Air Malta charter 758, do you read?… do you read?… Rome, negative contact with Itavia 870 », encore deux fenêtres avec l'ouverture de la trappe de sécurité, la plaque de l'enseigne lumineuse « emergency exit », un dernier petit bout de fuselage avec de la peinture rouge, une autre partie de fuselage blanche avec l'intérieur bleu replié sur la partie extérieure blanche, un transformateur brûlé avec câble, un fragment de la *deicing line*, quelques feuillets du manuel de vol, un morceau du revêtement extérieur abrasé par friction, un instrument sans cadran, « Itavia 870, Itavia 870 this is Rome control, do you read?… Itavia 870, Itavia 870, Rome control, do you read?… », un vérin avec déchargeur statique, un bout de conduit de ventilation en Y, un hublot du fuselage, un châssis pour support de poulies, le petit escalier arrière, une partie du bout de l'aile gauche, un panneau de séparation blanc, un bloc électrique avec judas, un couple et des serres, le *galley*, c'est-à-dire la petite cuisine, un fragment de fuselage avec soupape de décharge pour W-C, un « toilette seat », « Air Malta, this is Rome », « Rome go ahead, this is Air Malta », « Ok, sir, we have Itavia unreported inbound Palermo, please, please try to call for us Itavia 870, try to call for us Itavia 870 », « Alitalia 870? », « Itavia, sir, Itavia, Itavia 870 », « Roger… Itavia 870, Itavia 870 this is Air Malta. Do you read?… Itavia 870, do you read?… do you read?… »)

Do you read?

Double décollage à l'aube

On s'accorde pleinement pour dire que c'était une très belle journée de juillet, une journée qui n'avait rien à voir avec la guerre, la mer et le soleil de Bastia sur la droite, la rangée de collines sur la gauche, au centre la piste d'herbe coupée, d'un jaune chaud et parfumé. Le lieutenant Duriez glissa en bas de l'aile après avoir fermé le capot, Antoine de Saint-Exupéry établit le contact radio, il dit : *Colgate from Dress down number six, may I taxi and take off?* Il n'aimait pas parler à la radio, venant d'une époque où il n'y avait pas de radio. Il n'aimait pas parler en anglais, il venait d'un séjour en Amérique où il avait remercié du triomphe de ses livres en n'utilisant aucun mot qui ne fût français. Ce matin-là il était en Corse, ayant tout à fait droit à sa propre langue, mais l'avion avec lequel il allait décoller était américain, et américaine et française l'escadrille, ce qui restait du *Groupe II/33 de Grande Reconnaissance**, grande reconnaissance stratégique, plus quelques pilotes des États-Unis et les hommes du *camera repair*. Le contrôle au sol était aussi américain, l'indicatif d'appel radio était *Colgate*, comme le dentifrice. Colgate de Dress down numéro six, puis-je rouler et décoller? Ce fut aussi le seul matin où Gavoille, le commandant René Gavoille qu'il avait décrit dans *Pilote de guerre* comme le meilleur que la France puisse offrir, n'était pas là pour l'habiller avec la combinaison thermique, le placer dans la carlingue comme un ours dans un bocal, lui attacher les ceintures, contrôler la bonbonne d'oxygène et le revolver, les interrupteurs des appareils photos dans le ventre de l'avion, lui faire les dernières recommandations. Deux heures plus tard, en arrivant sur le terrain, Gavoille serait déçu par cette petite trahison de Saint-Exupéry, décoller sans qu'il soit présent, encore deux heures et il regretterait de ne pas avoir usé lui-même d'une petite trahison aux dépens de son ami, une trahison déjà combinée avec le commandement américain pour ce matin-là : lui révéler un secret important, par exemple la date du débarquement en Provence, de sorte que, aux termes du règlement, il ne pût plus avoir d'autre mission, en raison du risque d'être capturé et de parler. Mais comment Gavoille aurait-il pu faire ? L'autre se serait aussitôt bouché les oreilles, il aurait protesté, Gavoille se rappelait très bien lorsque, quelques nuits auparavant, ils avaient pleuré ensemble, et Saint-Exupéry l'avait imploré de le laisser voler encore, et lui avait enfin confié l'énorme manuscrit de *Citadelle*, dont des années plus tôt il avait lu quelques pages à Benjamin Crémieux et à Drieu La Rochelle.

OK number six, you can taxi and take off, dit le contrôle. L'aviateur Charles Suty, un garçon qui pour se soustraire au recrutement de Vichy s'était réfugié en Afrique du Nord et engagé dans la II/33, ôta les cales aux trains. Saint-Exupéry donna toute leur puissance aux moteurs, lâcha les freins. L'avion commença son décollage, les collines et la mer de Bastia commencèrent aussi à courir, la piste courut, et Antoine de Saint-Exupéry, Tonio ou Saint-Ex, détacha pour la dernière fois son ombre de cette terre.

07 heures 15, cap 243°, 7 000 pieds. Brume.

C'est un bref voyage vers une longue histoire, l'histoire concerne le vol, la narration et l'enfance, mais aussi la passion philosophique et civile d'être avec les autres et bien enracinés sur la terre, quelques hommes des années trente et quarante, quelques-uns vivant encore, le mystère d'un écrivain probablement tombé en mer, et les coïncidences qui gouvernent tout. Le voyage, le mien, pourrait commencer de là, sept mille pieds au-dessus du delta du Pô, un vent léger déplace à peine le nez de l'avion, vent de sud, un sirocco si modeste et bonasse qu'il n'est relevé que par les appareils électroniques et les compas, de temps en temps ils gagnent quelques degrés sur la route, ils avancent rapidement jusqu'à ce qu'une pression du pied ou une petite abattée à gauche ne les fasse rétrocéder au rang établi, et même quelque chose en moins par précaution. Le tour que fait le regard en surveillant les instruments n'est pas différent de celui que fait un domestique pour contrôler toutes les pièces de la maison avant la nuit. Puisque ce domestique c'est moi, il me serait difficile d'attribuer au vol quelque chose d'héroïque ou de mystique, le vol n'est qu'une science du faire, de l'exactitude et de l'erreur, de la position et du comportement. Aujourd'hui du moins c'est ainsi, il est possible que cela ait été différent quand Antoine de Saint-Exupéry transportait le courrier en Patagonie en enjambant les Andes de nuit, ou qu'il était le chef d'escale de l'Aéropostale à Juby dans le Sahara, ou qu'il était pilote de guerre sur Arras ou sur Grenoble, d'autres temps, temps héroïques, aujourd'hui cet héroïsme n'aurait aucune raison d'être, pas plus, heureusement, que la rhétorique qui parfois l'accompagnait. Ce matin de juillet personne n'assume de dangers volontaires, au contraire je garde les choses en ordre pour que le C 172 dont je suis le domestique glisse tranquillement le long du couloir aérien *Red 22*. Si c'était un voyage par mer je parlerais du bateau et des vagues, si je marchais à pied comme je le faisais dans mon enfance je parlerais des chaussures et de la fatigue et du paysage, mais la plaine du Pô ici en dessous, après le décollage et la lagune, est invisible dans la gelée de mangue qui l'enveloppe, un horizon haut et opaque de brume de chaleur, et les événements du voyage, pour l'instant, ne sont constitués que par le fait d'effleurer les instruments avec la délicatesse qu'on emploie pour redresser un tableau sur le mur après l'avoir épousseté. Je m'occupe du VOR de Chioggia en queue, du VOR de Bologne en cap, de l'ADF sur Ferrare, du LORAN qui interroge trois stations en Méditerranée et calcule tout seul la position et la route, du DME qui mesure les distances de tous les lieux et les balises que je ne vois pas, du transpondeur, des gyroscopes et des variomètres et des altimètres, en somme la maison dont je m'occupe a un certain nombre de chambres. Tout ce matériel, qui dans quelques années sera déjà obsolète, pourrait s'éteindre à l'improviste à cause d'une panne, il resterait malgré tout le compas à cristaux liquides, qui se balance et flotte, que tout avion, du plus grand au plus petit, porte dans son cockpit. Compas et horloge c'est ce qu'on m'a appris il y a quelques années, avant que j'accède au Ramayana électronique ; et Bruno, auquel je dois cet apprentissage, est ici près de moi, assis à l'autre porte. Bruno, à présent, est à la retraite, mot que personne ne pourrait prononcer en sa présence ; il accepte de m'accompagner dans les longs voyages, il y a une plus grande affabilité, travail intense et invisible des années, mais le rapport n'a pas changé. Avec ses lunettes sur le nez, comme un chat dans une fable, il a devant lui la carte du plan de vol avec le premier parcours, vers Alghero. La carte est

repliée entre les pages d'un livre de photographies de l'escadrille II/33 et de Saint-Exupéry, prises à Alghero au printemps
quarante-quatre. De temps à autre Bruno lève les yeux de la
carte et des photos, jette un coup d'œil par-dessus ses lunettes,
un de ces regards qui en leur temps étaient pour moi plus
préoccupants que les situations dans lesquelles j'allais me four-
rer, puis il revient aux photos. Il est surtout intéressé par le
P 38 Lightning, l'avion avec lequel Saint-Exupéry disparut :
quel avion ! s'exclame-t-il, c'était deux chasseurs Mustang unis
par les ailes, et il accompagne le concept d'un geste sobre des
mains. Tout au cours de ce vol marche normalement.

*8 heures 10, cap 201°, 8 500 pieds. Ceiling and visibi-
lity OK.*

L'horizon s'est ouvert au-dessus des Apennins presque d'un
seul coup, d'abord est apparu au sommet du mont Croce un
petit cercle d'antennes dans la forêt dont j'ai poursuivi le signal
jusqu'ici, puis le reste du paysage, venu à la surface petit à petit
comme une signification. A présent *Ginar* et *Marel* ne sont pas
que des points virtuels de balises, ils coïncident avec la courbe
d'un fleuve, avec le fond d'une plaine, avec la banlieue d'une
des villes qui se multiplient depuis ici jusqu'à la mer, Empoli ?
Pontedera ? qui sait, la mer est déjà visible, et avec la mer l'île
d'Elbe. Nous descendons le long de l'*Ambra 12*, mais à l'imaginaire abstrait de lignes droites, de petits triangles et de radiales
du couloir aérien s'est superposé le profil réel du paysage, une
avalanche sinueuse et chaotique de champs, de cours d'eau
glissant vers leur embouchure, de petits reliefs, comme si le
paysage était la preuve d'une hypothèse mentale. A chaque
balise je parle avec le Contrôle, j'en ai compté sept jusque-là,

tous sont aimables, et avec tous j'ai échangé quelques mots professionnels et rapides, comme il se doit, dans un maximum de densité. A l'époque de Saint-Exupéry les communications avaient lieu en Morse, le radiotélégraphiste transcrivait et passait au pilote une petite feuille avec quelques mots essentiels, et quelque chose de cette concentration est restée dans ses livres, dans ces phrases courtes, un peu apodictiques et extrêmement intenses, qui tournaient autour des faits comme si les faits étaient une ossature qu'on n'a ni le besoin ni le temps de décrire (d'ailleurs le fait en aviation ne dure vraiment que quelques instants). Le fait irradiait une énergie de sentiments qui le précédaient et le suivaient, peur, euphorie, sentiment de conflit ; le fait unissait la liberté à la responsabilité. Ce lien frappa André Gide, qui préfaça *Vol de nuit* pour le public français et écrivit : cette vérité paradoxale [...] : que le bonheur de l'homme n'est pas dans la liberté, mais dans l'acceptation d'un devoir.

Du vol lui vinrent les personnages et les histoires mais aussi les premiers concepts d'un système de pensée complexe, élaboré au cours des années, pas toujours parfaitement approprié. Le premier tasseau fut précisément la liberté comme responsabilité. C'était la responsabilité dont il se sentait plein le soir de 1927 où Didier Daurat, directeur granitique de la compagnie Latécoère, lui annonça que le jour suivant il devrait accomplir son premier vol postal de Toulouse à Casablanca. La responsabilité était un sentiment angoissant et enivrant, finalité suprême : le transport du courrier. Avec le temps cela deviendra la responsabilité-liberté de ceux qui ont choisi la ligne aérienne ou le désert « comme d'autres choisissent le monastère ». Ce sont, à part lui-même, Guillaumet et Mermoz, pilotes à une époque où la météorologie était un art divinatoire, les moteurs

plaquaient tout sans préavis, on entendait un bruit de porce-
laines brisées et les hélices s'arrêtaient, les relèvements à terre
étaient inexistants et la règle, non écrite mais transmise de
bouche à oreille, était celle que le chef d'escale confia à Saint-
Exupéry à la veille de son premier vol postal : c'est très beau
de naviguer au compas, en Espagne, très élégant, mais souvenez-vous, sous les mers de nuages il n'y a rien d'autre que
l'éternité.

Nous changeons d'altitude à la demande du Contrôle, j'établis la descente de 8 500 à 6 500 pieds et je commence à regarder les agglomérations le long de la côte toscane, jusqu'à la
pointe de Piombino, et plus loin j'indique à Bruno l'île d'Elbe.
D'où « voyons-nous » les endroits quand nous les nommons ?
Lorsqu'on dit Palerme, Sassari, Ancône ou Vintimille ou Buenos
Aires, de quel point de vue le dit-on ? Quelle est l'image qui
passe par l'esprit dans l'infinitésimale fraction de seconde qui
sépare la ville pensée du mot qui la dit ? Si c'était une ville que
je connaissais, émergeait l'image d'une rue ou d'une maison, ou
l'émotion d'une rencontre, ou le regret de n'avoir rencontré
personne. Sinon j'imaginais ces villes dans la région de leur
appartenance, dans les limites politiques d'un État, enfermées
dans un continent, je les nommais du point de vue de la carte
géographique. En volant, cependant, la géographie change
de dimension, entre la carte que je tiens repliée sur la tablette
posée sur ma cuisse et ce que je vois dehors il n'y a presque
pas de différence, la géographie n'est pas une écriture de la
terre mais la terre elle-même vécue dans sa traversée.

Un sentiment de responsabilité plus approfondi – non pas
le courrier mais la patrie – va pousser Saint-Exupéry à implorer
d'être réintégré dans l'escadrille II/33 avec laquelle il avait déjà
combattu en France pendant la « drôle de guerre », et qui s'était

transférée à Alger après la défaite. Il avait quarante-trois ans, il était trop âgé pour le *Lightning*, l'entraînement sur cet appareil fut comme un recommencement à zéro. La reconnaissance aérienne était une discipline compliquée, une mission ne pouvait se dire accomplie que si l'on revenait avec des photos, le coup véritable était infligé à l'ennemi dans les chambres noires, dans les bains de développement. Il participa autant qu'on le lui permit, il disait : si je ne participe pas à cette guerre, comment puis-je parler de mon pays ? Chacun obtient ce qu'il veut, lui, il obtint sa première mission dans le sud de la France ; à la seconde, en rentrant à Alger, il fit un trop long atterrissage et finit dans un vignoble. Les Américains lui ôtèrent l'avion.

9 heures, cap 201°, 4 500 pieds. Ceiling and visibility OK.

L'île de Montecristo est passée depuis longtemps sur la gauche, nous sommes au large, en plein soleil, cent quinze milles de mer avec uniquement deux points de repère, *Bekos* et *Tallin*, que seule l'électronique peut établir sur le fond bleu permanent et homogène avec de petits bateaux à la queue blanche. Ce sont encore les eaux territoriales italiennes, mais Bruno se querelle déjà avec le très puissant radar français de Solenzara en Corse auquel appartient la zone «interdite» que nous sommes en train de traverser, pratiquement toute cette région de la mer Tyrrhénienne ; il se querelle de façon procédurière, qu'il s'agisse d'une querelle on ne peut donc le déduire que d'une certaine dureté dans les voix, la sienne, celle du contrôleur. Pour le reste, chacun oppose ses chiffres : la zone est un polygone de tir pour la chasse, ou je monte trop haut pour le plafond de notre avion, ou je m'engage dans un petit couloir libre devant la côte corse («devant chez moi» comme dit Bruno en éteignant le micro), et j'allongerais beaucoup. Le contrôleur répète ce que j'avais déjà lu sur l'AIP à l'aéroport avant de décoller, «la zone interdite est fermée au trafic tous les jours ouvrables de l'aube au couchant», Bruno répond d'accord, et moi je ne change pas ma route. S'il n'y a pas de problèmes, c'est-à-dire si Solenzara ne rappelle pas, en général ça fonctionne de la façon suivante : les opérateurs disent ce qu'ils sont obligés de dire, nous répondons comme nous sommes obligés de répondre, mais ensuite je poursuis tout droit en coupant jusqu'à Olbia. Le vol lui aussi a ses byzantinismes.

Un pilote excellent et instinctif, mais irrégulier et distrait. C'est ainsi que le jugèrent ses commandants, Daurat à l'époque de l'Aéropostale, Alias à l'époque du vol de guerre sur Arras, Gavoille les derniers mois d'Alghero et de Bastia. A dix ans premier décollage avec une bicyclette et une toile, décollage avorté. A vingt ans il tomba au Bourget avec un Henriot HD-14 qu'il avait pris sans autorisation. A trente-trois il capota avec un hydravion Latécoère dans la baie de Saint-Raphaël, il était pilote d'essai, spécialité qui lui convenait moins que toute autre, au lieu d'amerrir sur la pointe postérieure des flotteurs il toucha l'eau en ligne de vol horizontale et un peu en piquant, et coula en risquant de se noyer. Sur un autre hydravion Laté une porte, qu'il avait oublié de bloquer, se détacha dans les airs. A trente-cinq ans, dans le raid Paris-Saigon, mal préparé et à la dernière minute pour gagner cent cinquante mille francs, de nuit il crut être sur Le Caire et troua les nuages en cherchant la mer, il la cherchait encore quand le *Caudron Simoun* se planta dans le sable à deux cent soixante-dix kilomètres à l'heure. Ils sortirent indemnes de l'avion, lui et le mécanicien

Prévot, mais en plein désert ; trois jours plus tard ils furent ramassés par Émile Raccaud, directeur d'un établissement perdu de l'Egyptian Salt & Soda Co. Ltd. A trente-huit ans, au cours d'un raid New York - Terre de Feu, inutile parce qu'il n'y avait aucun prix, il atterrit au Guatemala. Ce n'est pas un aéroport mais une bande d'herbe avec une pompe de carburant. Il s'entend avec l'homme de la pompe dans on ne sait quelle langue et obtient l'essence, mais il se garde bien de calculer combien on en met, c'est-à-dire combien l'avion va peser en plus. A l'homme de la pompe il demande aussi la direction la plus propice pour décoller, puis il s'engage sur la piste très courte, la parcourt entièrement, vers la fin le *Caudron Simoun* flotte en l'air quelques secondes et s'écrase à terre. Des débris d'un accident qui ne pardonne même pas une fois sur cent, Prévot sortit avec une jambe cassée, Saint-Exupéry avec une fracture de la mâchoire, des plaies partout, et avec une autre fracture, à la clavicule, qui lui ankylosa l'épaule pour toujours. Des années plus tard, même s'il avait voulu se lancer en para-chute du *Lightning* il n'aurait pu le faire en raison de cette blessure, à moins de mettre l'avion en vol renversé, d'ouvrir le capot et de se laisser tomber.

Et ce fut pourtant un pilote extraordinaire, c'étaient des choses qui à cette époque, dans ces entreprises, avec ces avions, pouvaient arriver. Il était distrait, après avoir décollé il s'abstrayait, certaines routes étaient longues et ennuyeuses, il prenait des notes sur un carnet, même le matin de son dernier vol il avait un petit bloc-notes attaché à la cuisse. « Pourquoi risquons-nous si facilement notre vie pour acheminer des lettres ? » demandait-il aux autres pilotes de cap Juby, sans attendre une réponse, en cherchant à comprendre s'ils se ren-daient compte de la disproportion. Pourquoi risquons-nous notre vie pour des lettres ? Ce fut un excellent pilote, mais non comme Mermoz, non comme Guillaumet, son modèle, Guillaumet qui avait traversé trois cent quatre-vingt-trois fois les Andes et l'une de ces fois était tombé et avait survécu sur un glacier parmi les sommets pendant cinq jours, Guillaumet qui à la fin s'était mis en marche en pleine montagne pour sortir à découvert, afin que son cadavre soit retrouvé et que l'assurance soit versée à sa femme. Quand Guillaumet mourut plusieurs années après en Méditerranée, Saint-Exupéry écrivit qu'il était *de* Guillaumet.

9 heures 45, Alghero Fertilia, piste 03-21. Vent de 160°, 6 nœuds.

Nous étions seconds à l'atterrissage, on voyait bien le DC9 qui nous précédait en courte finale sur le côté opposé, puis ce fut mon tour. C'est toujours un beau moment, vol presque plané, train dehors, pleins volets, la perspective s'aplanit peu à peu et acquiert à nouveau sa normalité, puis sur la piste le rappel au manche et l'attente, attente que la terre nous reprenne. Je devrais raconter la manière dont nous fûmes accueillis à la base militaire de l'aéroport d'Alghero, l'amabilité d'un colonel pilote, combien son bureau était agréable, comment lui et son commandant regardèrent stupéfaits les photos de ce même aéroport cinquante ans plus tôt et écoutèrent une histoire qu'ils ne connaissaient pas, mais reconnurent le hangar et les petites maisons qui existent encore autour de la piste orientée comme à l'époque ; comment l'officier reconstruisit à son tour les vicissitudes de la base, désaffectée tout de suite après la guerre et rouverte dans les années cinquante, et comment Bruno alors que nous marchions parmi les hangars indiqua quelques vieux T6 empoussiérés et abandonnés, les biplaces d'entraînement américains sur l'un desquels il avait fait son apprentissage justement ici à Alghero ; je devrais évoquer le soleil chaud qui filtrait à travers les pins maritimes éclairant dans le bureau du colonel trophées et souvenirs de vieilles cérémonies, et les cigales dehors et Bruno et les autres qui parlaient d'avions passés, d'amis passés, les souvenirs communs, les questions posées. On aurait dit des gens de mer qui se retrouvaient dans un port, des navigants ; et pourtant l'aéro-navigant n'est pas le successeur du navigant maritime ni une de ses mises à jour, l'avion n'est pas dans le ciel comme le bateau à la mer. Chaque bateau avait son tempérament, son âme et une histoire, mais pour les avions le caractère appartient tout au plus au modèle, construit en des milliers d'exemplaires, et chacun ne connaît et n'expérimente que cela de manière personnelle. Et puis les rapports entre ceux qui volent ne se créent pas à bord, mais à terre, en parlant du vol, et dans l'avion manque la multiplicité humaine de l'équipage, en tant que passager tu es seul avec ton voisin de place, en tant qu'équipage tu n'es jamais avec plus de cinq ou six autres, et autant qu'on puisse être on est toujours trop occupé. L'avion n'est pas comme le bateau qui transfère les lois morales de la terre ferme en une juridiction autonome et restreinte, en les mettant à l'épreuve de façon extrême, l'avion ne garde rien de la terre et de la maison, dans un bateau on dort, on paresse, on trame des choses, il y a le temps long de la bonace, les attentes étouffantes dans les ports, en avion il n'y a aucune des habitudes quotidiennes, les seules règles qui valent sont celles de l'air, des règles opérationnelles. On commet des erreurs, mais presque toujours d'ordre technique, rarement d'ordre moral. Pour que l'esprit humain puisse dévoiler ses ténèbres, pour l'abjection et les bassesses, l'espace est nécessaire, le temps est nécessaire, et dans l'avion il y a trop peu de l'un et de l'autre, en somme, en vol on est temporairement privé de son propre Mal qui se tait blême face au côté procédures de l'ensemble. Dans le vol, même si quelqu'un s'efforce de sortir ce qu'il y a de pire en lui, il est implacablement condamné à une certaine noblesse d'esprit.

Ce fut la voie dans laquelle s'engagea Saint-Exupéry. Encore plus que les faits qui, en ayant lieu, enchaînent le destin, c'étaient les actions qui lui tenaient à cœur, et l'action a toujours sur le fait une prépondérance d'intention. Son action n'avait rien de vitaliste, c'était même souvent, au départ, une action inutile, dont il découvrirait ou inventerait la nécessité : la mission sur Arras qu'il raconta dans *Pilote de guerre* était une entreprise vaine dans la France désormais agonisante, mais elle lui avait servi pour évoquer un sentiment profond de la défaite, non seulement la défaite des Français mais des liens qui unissent les hommes, se défaire de ce qui unit l'homme à l'Homme, c'est-à-dire à ce qu'il y a de meilleur en soi, et permet le circuit de l'un à l'autre. Dans *Vol de nuit* il avait décrit un véritable champion de l'action, et ce n'était pas le pilote Fabin qui risque, se perd et meurt ; c'était Rivière, le chef d'escale, l'homme qui ne vole pas, qui se tient derrière un bureau, qui n'agit pas directement mais décide des actions d'autrui, les vivant une après l'autre de manière plus angoissée que s'il les accomplissait lui-même. L'action était vidée de toute superficialité aventureuse, le courage était vraiment la dernière des vertus, la plus pauvre et la plus vaniteuse. Au-delà des avions, du courrier et de la guerre, ses livres sont une méditation sur la possibilité d'un Humanisme en plein xxe siècle, la contestation du collectivisme comme pure somme arithmétique des individualités, une recherche métaphysique de l'Être dans la solidarité avec tous les autres. L'action servait uniquement à établir un lien entre les hommes, elle libérait l'amour, elle était comme une très douce perception qui éclaire la nature des faits, et fonde leur signification. En raison de sa mystique du lien, ce fut un écrivain essentiellement religieux, bien qu'il s'interdît les noms de Dieu, s'arrêtant sur le seuil de sa propre question. Le tout non sans rhétorique et un je ne sais quoi de très intense et vague.

J'avais vu une fois la photographie d'une petite feuille sur laquelle, au début de quarante-deux, en Amérique, il avait fait la liste des concepts clés de *Citadelle*, quelques lignes d'une écriture fine qui descendaient en éventail, concept du nomade et du sédentaire, concept du paysage établi par la marche, concept de la « merveilleuse collaboration », concept des questions qui meurent, concept des pierres et du silence, concept de l'agence Cook, concept du silence qui nourrit et de la lenteur, concept du temps qui coule et du temps qui remplit, concept du domaine, concept du seau, de la pelle et de la montagne, concept de paix qui est béatitude, mort des réponses et non-réconciliation.

16 heures 30, à vue, 1 000 pieds. 3/8 d'altocumulus avec base à 5 000 pieds.

Vol bas en suivant le profil de la Corse, c'est comme une sorte de décalque, dont je me détache seulement pour couper sur la mer les petites criques après Bonifacio, le golfe de Santa Manza, le golfe de Porto Vecchio, puis je vais comme va la côte. La route est ce rivage de terre avec des maisonnettes et des barques qui glisse rapide au-dehors et à l'intérieur, très proche. Sans le pilote automatique je me sens moins un domestique, ou du moins c'est un domestique qui regarde par la fenêtre et s'amuse. Chez le colonel, à Alghero, il s'est fait tard, et j'ai alors emmené Bruno manger des langoustes et des fruits de mer dans la baie de Porto Conte. A cause peut-être du côté artificiel du vol, ou pour compenser la noblesse d'esprit, il est certain qu'il existe un lien étrange entre les avions et la nourriture, et en tout cas on finit toujours comme ça avec Bruno. En réalité, je l'ai emmené à Porto Conte pour un autre repas, un déjeuner d'adieu d'il y a cinquante ans. Le déjeuner que Saint-Exupéry et John Phillips, le reporter de *Life*, auteur des photos, offrirent à l'escadrille II/33, le jour précédant le départ de celui-ci d'Alghero. Ils se réunirent dans la petite villa où Gavoille et les autres officiers étaient logés. La baie est restée comme alors, aride avec peu de maisons. Le déjeuner achevé, j'ai demandé à Bruno s'il avait envie de m'aider à chercher cette villa, c'était drôle ensuite de le voir au milieu des chaumes avec le livre à la main, transpirant et si absorbé : il regardait les deux promontoires qui ferment le golfe, il les comparait avec le fond de la photo, il disait plus haut! un peu plus à droite! non, ce n'est pas celle-là. Il prenait l'affaire très au sérieux, comme toujours. A partir des images de cette petite fête au coucher du soleil dans la cour on a l'impression d'une patrouille d'étranges gentilshommes, un peu perdus, un peu hors du temps, aux langues mêlées, aussi poétiques et désarmés que les *Lightning* sur lesquels ils volaient après avoir remplacé les petits canons et les mitrailleuses par des caméras. Ceux qui connurent Saint-Exupéry en ces jours-là, ou ceux qui le connurent encore plus tôt dans le Sahara, racontent les tours de prestidigitation qu'il faisait, comment il jouait du piano en faisant rouler deux oranges sur le clavier, les parties d'échecs ou le jeu des six mots, les théorèmes mathématiques auxquels il travaillait des heures durant ; il lisait peu d'ouvrages d'imagination mais il dévorait des traités en tout genre, et des livres étranges qu'il demandait aux autres pilotes de lui rapporter de leurs voyages. Le résultat de ces lectures était toujours quelque expérience de physique ou de métaphysique, et de nouveaux numéros pour ses petits spectacles improvisés. Il ne pontifiait jamais, il semblait aussi curieux que ceux qui l'écoutaient du résultat de ses propres raisonnements. Il rentrait à Alghero après les missions en s'approchant du terrain sans train d'atterrissage, tous pensaient à une panne ou à un oubli, ils lui faisaient de grands signes, tiraient des fusées colorées, l'ambulance partait, le camion contre les incendies partait, lui, à moitié de la piste, il battait des ailes en signe de jeu, il rallumait et revenait à l'atterrissage avec le train sorti.

Méthodiquement, Bruno a trouvé ensuite la villa du déjeuner d'adieu : en partie changée, repeinte qui sait quand, puis abandonnée. J'aime les musées, mais j'aime aussi les lieux apparemment sans histoire, où, plutôt, il y a eu une histoire, mais que personne ne connaît ou dont personne ne se souvient. Dans mon enfance, il y avait plein de maisons comme celle-ci, abandonnées après la guerre, construites avec une idée de l'espace et de la forme que la défaite avait désavouée, des maisons où il s'était passé quelque chose, mais on ne savait pas quoi, muettes, sans possibilité de raconter. « Condamnées », comme disent les Français avec une belle expression à propos des portes et des fenêtres murées.

Eh oui, vol bas le long de la côte, Bastia est déjà en vue, l'opérateur à la tour est une femme, elle parle le seul anglais aéronautique compréhensible en Corse. Je fais des pirouettes. Je suis content. Non, le mythe n'a rien à voir. Le vol a eu affaire avec le mythe tant qu'il n'a pas été humainement réalisable. Une fois l'avion inventé, il n'y a qu'une chose avec laquelle le vol est vraiment en rapport, et c'est l'enfance. Les pilotes n'ont pas d'ailes emplumées, ce ne sont pas des anges et encore moins des héros, ce sont des enfants adultes, des enfants cachés, bien gardés dans leur maturité, bien conservés à l'intérieur de l'imperturbabilité professionnelle que la vie leur a assignée, mais liés à l'enfance par l'élastique d'une fronde qui sort de leur poche. Je ne saurais dire par ailleurs s'il y a un rapport particulier entre l'enfance et la mort.

15 heures 45 du jour suivant, Bastia Porretta, piste 16-34. Vent calme.

Nous sommes au point d'attente de la piste 16, Bastia Porretta. Je n'évoque pas la météo parce qu'elle est un peu complexe. Il y a sur la Méditerranée nord-occidentale divers genres de nuages, avec des bases à différentes hauteurs, mais cela va mieux qu'il y a quelques heures. Nous attendons l'autorisation au décollage. Hier soir nous avons dormi à Erbalunga, où les pilotes de la II/33 étaient logés pendant les journées passées en Corse. J'ai accompagné Bruno pour une promenade sur le bord de mer, après la chaleur de la journée il y avait une brise légère, bienfaisante. Au dîner, dans une vieille *trattoria* du petit port, il a dit qu'il était satisfait de l'endroit et du vin, tellement satisfait et un peu ivre aussi qu'il m'a parlé de sa femme, de ses filles, de ses projets pour l'avenir. A un certain moment il a changé de ton, il a regardé autour de lui : tu paries que ton Saint-Exupéry, s'il habitait tout près, venait manger ici? J'ai éclaté de rire, j'ai dit que je ne savais pas, peut-être que si, c'était possible, peut-être s'asseyait-il à la table en face des gros bateaux de pêche, peut-être fumait-il ou regardait-il la nuit, qui sait ce qu'il pensait.

Maintenant, au point d'attente de la piste 16, Bruno scrute la tour de contrôle comme si l'autorisation devait arriver avec un signe de la main et non *via* la radio. Ce matin je l'ai amené au vieil aéroport de Borgo, à une dizaine de kilomètres plus au nord. Derrière une caserne de l'Armée de Terre nous avons trouvé la piste d'herbe entre la lagune et la colline. Une piste d'herbe n'est pas différente de n'importe quel pré, et on voit pourtant qu'à une époque cela a été une piste. Nous avons longtemps marché, nous l'avons presque toute parcourue, sous un soleil doux et un air plus frais. On distinguait encore au milieu des chaumes les raccordements en terre battue. Sur un des côtés il y avait une petite ruine en métal, une tourelle ouverte et rouillée, avec quelques traces du blanc et du rouge originaires.

« India Golf India Oskar Mike, autorisé à l'alignement et au décollage sur la 16. Virage à gauche, après décollage. »

A gauche après le décollage, nous poursuivons avec un large virage, prenant de l'altitude sur la mer pour dépasser la colline. Nous poursuivons avec cap nord-ouest. A une heure de l'après-midi du 31 juillet 1944 Gavoille avait déjà appelé tous les centres radar alliés de la Méditerranée septentrionale. Personne ne l'avait vu. Ceux qui étaient avec Gavoille dans la petite salle des opérations se souviennent du ton frénétique avec lequel il demandait des nouvelles, et des hypothèses innocentes qu'il fit au fur et à mesure pour justifier ce retard, jusqu'à ce que le temps marquât la limite d'autonomie du *Lightning*. De cette sorte d'attente, quand ça avait été le tour de Mermoz disparu dans l'Atlantique, Saint-Exupéry avait dit : « Je ne sais rien de plus tragique que le retard. Un camarade n'atterrit pas à l'heure prévue. L'autre qui devait arriver, se signaler par un message, reste muet. Et quand dix minutes se sont écoulées alors que dans la vie coutumière on n'a même pas encore l'impression d'avoir attendu, brusquement tout se fige. Le destin a fait son apparition. Il tient des hommes en son pouvoir. Un jugement a été prononcé sur eux. Le destin a déjà jugé et nous retenons nos respirations. » Vers le soir, quelqu'un écrivit sur le journal de bord de l'escadrille « Non rentré », après avoir collé sur la page une photo d'identité de Saint-Exupéry.

Ce que Gavoille ne sut pas cet après-midi-là, il ne le sut pas pendant le restant de ses années, et comme lui personne non plus. Des récits possibles ou probables, je préférais celui de Gavoille, lequel, avec le temps, se fit une idée à lui, et n'arrêta jamais de chercher. Au début il pensa à une panne d'oxygène. Parvenus à une certaine hauteur, les pilotes de *Lightning* ouvraient les bonbonnes et respiraient une première gorgée d'air du Massachusetts ou de l'Ohio, au goût de vernis. Saint-Exupéry, grand et gros comme il était, consommait plus d'oxygène que les autres, il pouvait avoir eu quelque problème, il lui était déjà arrivé une fois d'oublier d'ouvrir l'oxygène, il pouvait avoir perdu connaissance sur le manche, l'avion avec les moteurs à plein régime avait piqué en se désintégrant à cause de la vitesse et finissant en mer. Puis, vers la fin des années soixante-dix, Gavoille, le général à la retraite René Gavoille, qui ne négligeait jamais de demander au bas de ses articles sur Saint-Exupéry si quelqu'un avait vu, si quelqu'un se souvenait, reçut de la Côte d'Azur des souvenirs et des témoignages, elle devait être très belle la Côte d'Azur ce jour de quarante-quatre, un peu plus belle que maintenant, telle que nous l'apercevons au-delà de cent milles au large, Bruno et moi, sous un ciel rapide de hauts nuages qui vont vers l'est. Chaque matin la guerre offrait quelque chose, ce matin-là aussi il y eut un spectacle, un *Lightning P 38* arriva très bas des montagnes, de la vallée au nord de Biot, bas et rapide, derrière lui deux chasseurs allemands ; du moteur droit du *Lightning* sortit une bouffée de fumée blanche, puis l'avion se pencha d'un côté, pirouetta sur l'eau, disparut. Plusieurs personnes décrivirent à Gavoille la même image, s'accordant sur le lieu et sur l'heure, midi à peine passé. D'autres se rappelaient simplement avoir vu un avion du genre *Lightning* tomber en mer, et l'avion de Saint-Exupéry fut le seul disparu ce matin-là en Méditerranée nord-occidentale. Le jour suivant, l'élève chasseur Robert Heichele, qui avait vingt ans et mourut au combat deux semaines plus tard, écrivit à un de ses amis qu'il avait abattu un *Lightning* le 31 juillet 44. Ils l'avaient intercepté, lui et le sergent Hogel à bord de leurs FW 190 au « long nez » à 11 heures 56 entre Le Logis et Castellane, le long de la route Napoléon. Il volait deux mille pieds plus haut que nous, dit Heichele dans son rapport, nous ne pouvions pas l'attaquer ; à notre grande surprise, il vira et commença à descendre, il semblait venir à notre rencontre. Je fis une spirale en montée et je me plaçai en position de tir, à cent cinquante mètres de sa queue. Je tirai, je le ratai. Je fis un tonneau et regagnai une bonne position, je tirai de nouveau mais la rafale passa devant lui. Il essaya de se dégager en se lançant en piqué, je le poursuivis, quand je fus à une trentaine de mètres je tirai de nouveau. Je vis un sillage blanc qui sortait du moteur droit, l'avion vola bas le long de la côte, tomba en mer.

Je préfère peut-être ce récit parce que c'est le moins mystérieux, moins qu'un suicide ou qu'une distraction, ou qu'une panne, ou peut-être parce que c'est le plus aéronautique, ou parce qu'on peut le falsifier plus que les autres, en démontrant que Heichele n'a jamais existé et que sa lettre est une pure invention. Mais la mer, en tout cas, est celle qui est là, en dessous de nous, toute proche, au large de Saint-Tropez, Saint-Raphaël, Antibes, mer sur laquelle je vole rapide presque au ras de l'eau, Bruno tape avec l'index sur l'altimètre qui est de son côté, puisque je ne prête pas attention à lui il tape sur mon altimètre, quand on vole comme ça il faut faire attention, il y a un effet optique qui fait que l'on se croit plus haut, mieux vaut ne pas regarder l'eau mais le tableau de bord. Bruno se limite à taper du doigt sur les instruments, parce qu'il est sûr de me l'avoir appris il y a quelques années. Bruno est toujours Bruno.

Au téléphone, la voix de René Gavoille était attentive, calme. Je parlai avec lui avant de partir, il dit : ce matin-là il ne devait pas voler, ce fut un pur hasard, je restai au lit parce que le soir précédent nous nous étions attardés, il se leva tôt, il ne dormait presque plus la nuit, il se présenta chez l'officier préposé aux opérations et obtint la permission de décoller. Il ne devait pas voler, mes instructions étaient précises, mais le destin le voulut ainsi. Ce fut la seule fois où je n'étais pas là, une mission qui ne lui incombait pas, une mission inutile, si l'on tient compte du danger et du débarquement imminent en Provence. Il partit sur la Savoie et fit ses photos. Au retour, quand il avait déjà été touché, il eut une dernière émotion, il passa encore une fois sur les lieux de son enfance et de son adolescence. Il repose là, dans cette mer. Vous pouvez imaginer ce qui arrive quand un avion plonge dans l'eau à quatre cents kilomètres à l'heure.

J'ai tiré le manche, j'ai pris suffisamment de hauteur, j'ai effectué deux ou trois fois des battements d'ailes en signe de salutation. Bruno est maintenant plus tranquille. Nice et Menton défilent sur la gauche. Nous ne parlons pas, d'ailleurs nous ne parlons presque jamais pendant le vol. Chacun de nous pense déjà à Gênes et à Milan, à Vérone et à la ligne presque droite qui nous conduit à la maison, à Venise. Au coucher du soleil, après l'atterrissage, nous ferons quelques pas, longs et élastiques, pour nous décontracter de la fatigue des commandes. Nous sourirons, à nouveau réunis à notre ombre.

Table

L'auteur

Daniele Del Giudice est né en 1949 à Rome. Il a commencé une carrière d'écrivain avec le roman *Le Stade de Wimbledon*, paru en France en 1985. Il vit actuellement à Venise.

Il a publié en français :

Le Stade de Wimbledon, Rivages, 1985 ; Éditions du Seuil, coll. « Points Roman » n° 329.
L'Atlas occidental, Éditions du Seuil, 1987.

Le traducteur

Jean-Paul Manganaro est maître de conférences à Lille III.
Il a traduit, entre autres, C. E. Gadda, I. Calvino, R. Calasso,
F. Camon, D. Del Giudice, G. Deleuze, A. Artaud.

Auteur de :

Douze Mois à Naples (Rêve d'un masque), Éditions Dramaturgie,
  1984.
Le Baroque et l'Ingénieur, Éditions du Seuil, 1994.

La Librairie
du XXᵉ siècle

Jean Levi, *Les Fonctionnaires divins. Politique, despotisme et mystique en Chine ancienne.*

Jean Levi, *La Chine romanesque. Fictions d'Orient et d'Occident.*

Nicole Loraux, *Les Mères en deuil.*

Nicole Loraux, *Né de la Terre. Mythe et politique à Athènes.*

Patrice Loraux, *Le Tempo de la pensée.*

Marie Moscovici, *L'Ombre de l'objet. Sur l'inactualité de la psychanalyse.*

Michel Pastoureau, *L'Étoffe du Diable. Une histoire des rayures et des tissus rayés.*

Georges Perec, *L'Infra-ordinaire.*

Georges Perec, *Vœux.*

Georges Perec, *Je suis né.*

Georges Perec, *Cantatrix sopranica L. et autres écrits scientifiques.*

Georges Perec, *L. G. Une aventure des années soixante.*

Georges Perec, *Le Voyage d'hiver.*

Georges Perec, *Un cabinet d'amateur.*

Georges Perec, *Beaux présents, belles absentes.*

J.-B. Pontalis, *La Force d'attraction.*

Jean Pouillon, *Le Cru et le Su.*

Jacques Rancière, *Courts Voyages au pays du peuple.*

Jacques Rancière, *Les Noms de l'histoire. Essai de poétique du savoir.*

Jean-Michel Rey, *Paul Valéry. L'aventure d'une œuvre.*

Denis Roche, *Dans la maison du Sphinx. Essais sur la matière littéraire.*

Francis Schmidt, *La Pensée du Temple. De Jérusalem à Qoumrân.*

Michel Schneider, *La Tombée du jour. Schumann.*

Michel Schneider, *Baudelaire. Les années profondes.*

Antonio Tabucchi, *Les Trois Derniers Jours de Fernando Pessoa. Un délire.*

Emmanuel Terray, *La Politique dans la caverne.*

Emmanuel Terray, *Une passion allemande. Luther, Kant, Schiller, Hölderlin, Kleist.*

Jean-Pierre Vernant, *Mythe et Religion en Grèce ancienne.*

Nathan Wachtel, *Dieux et Vampires. Retour à Chipaya.*

Catherine Weinberger-Thomas, *Cendres d'immortalité. La crémation des veuves en Inde.*

RÉALISATION : PAO ÉDITIONS DU SEUIL
IMPRESSION : NORMANDIE ROTO IMPRESSION S.A. À LONRAI (61250)
DÉPÔT LÉGAL : AVRIL 1996. N° 25083 (960428)